六本木無頼派

麻布署生活安全課 小栗烈

浜田文人

ハルキ文庫

角川春樹事務所

六本木無頼派

麻布署生活安全課 小栗烈

【主な登場人物】

小栗　烈《あきら》（38）麻布署生活安全課保安係　巡査長

近藤　隆《たかし》（53）麻布署生活安全課保安係　警部補

福西　宙《ひろし》（26）同　巡査

花摘《はなつみ》詩織《しおり》（43）バー『花摘』　経営者

石井　聡《さとし》（41）『ゴールドウェブ』　代表取締役

山田　一也《かずや》（33）警視庁捜査一課強行犯五係　巡査部長

岩屋　雄三《ゆうぞう》（55）麻布署刑事課捜査一係　巡査部長

八階建てテナントビルから男が出てきた。細身で手足が長く見える。白シャツに紺色のスーツ。ネクタイは締めていない。男が首をひねった。袖看板を見あげたようだ。

小栗烈《おぐりあきら》は男に近づいた。

「くやしいのか」

「はあ」男が眉をひそめた。「なに……あんた、誰」

「七階から降りてきたな」

小栗は袖看板を指さした。
七、八階のパネルには〈会員制ネットカフェ・フラミンゴ〉とある。三か月前の、ことし二月にオープンした。
「それがどうした。あんたには関係ないだろう」

男が声を荒らげた。

「関係があるから声をかけた」ジャケットの内ポケットに手を入れ、濃茶色の警察手帳を開いて見せた。「麻布署の者だ」

男が顎を引いた。

「フラミンゴでなにをしていた」

「休憩ですよ」口調が変わった。不快そうな顔はおなじだ。「昼飯を食ったあと、気分が悪くなって……二時間ほど休んでいました」

「立ち話もなんだから、喫茶店に行こう」

「そんな無茶な」

「署のほうがいいのか」

「………」

男の瞳が固まった。

「時間は取らせない。捜査に協力すればの話だが」

「捜査……なんの」

「わかってることを訊《き》くな」

邪険に言い、くるりと背をむけた。

テナントビルの一階はコーヒーショップだが、訊問《じんもん》するにはふさわしくない。外苑東通を六本木交差点へむかった。午後四時過ぎ。歓楽街が目覚めるころだ。

交差点近くの喫茶店に入った。喫煙エリアは十二席ある。先客は三人いた。ひとりはスポーツ紙をひろげ、ほかの二人はスマートフォンをさわっている。身なりと雰囲気で三人とも六本木の住人とわかる。

小栗は、男に壁際の席に座るよう言った。

歩きだしてからここに着くまで話しかけなかった。不安は募らせるものだ。不安を取り除いてやる筋合はない。男も質問しなかった。

フレアスカートのウェートレスにコーヒーを注文し、煙草《タバコ》を喫《す》いつける。

男が露骨に顔をしかめた。嫌煙家なのか。小栗の態度が気に入らないのか。

「時間がありません。用件を言ってください」

男の声にいらだちがまじった。

「身分を証明するものを見せなさい」

小栗は手帳を開いた。ペンホルダーが付いている。

「その前に教えてください。なんの捜査をしてるのですか」

「質問はあとで受ける」はねつけるように言う。「あんたを連れてフラミンゴに戻れば身元はわかる。会員登録したはずだ」

男がため息をつき、手提げバッグから名刺入れを取りだした。

小栗は運転免許証を受け取り、テーブルに置いた。

「名刺もだして……手間が省ける」

ウェートレスがコーヒーを運んできた。

ブラックでひと口飲んだ。

「坂本英紀《さかもとひでき》、昭和六十年五月三日生まれ、現住所は品川区……」

小声を発しながら手帳にペンを走らせた。名刺には〈株式会社TKL　営業部　グループリーダー　坂本英紀〉とある。

TKLは知っている。カラオケ機器のリース業だ。

「六本木を担当してるのか」

「港区を統括しています」

「そう。で、いつフラミンゴの会員になった」

「二月です」

「あの店に行ったきっかけは」

「配ってるチラシを見て……休憩したくなりました」

「チラシにはなんて書いてあった」

「えっ」眉根が寄った。「そんなこと憶《おぼ》えていませんよ」

「続きは署で聞く」

「そんな……なぜですか」

「うそをつくからだ。フラミンゴは街頭でチラシを配ったことがない」

　坂本がうなだれた。

「インカジをやる目的で会員になった……そうだな」

　インターネットカジノ、略称インカジが流行《はや》っている。カネをデポジットするか、クレジットカードを使えばパソコンでもスマホでもプレイできる。アプリゲームのような遊び感覚でやる者もいれば、カジノ賭博としてプレイする連中もいる。

「認めます。知り合いに教えてもらいました」

「その人物もフラミンゴの客か」

「そのようです」

「インカジで、あんたはなにをやってる」

「バカラ……でも、遊びですよ。百円で……熱くなれば千円張るときもあるけど」

「きょうは幾ら負けた」

「八千五百円」

「現金でやりとりしてるのか」

「クレジットカードです。使ったポイント分を口座からおとされます」

　インカジでは賭金をポイントで示す。カジノのチップとおなじだ。

「勝ったときはあんたの口座に振り込まれる」

「そうです」

素直に答えた。

坂本に関する情報は入手している。質問は確認のためだ。話を先に進めた。

「会員カードも見せなさい」

坂本が上着のポケットをさぐった。

ＩＣカードだった。八桁と四桁の数字がある。２０１６０２１５と００４７。

小栗はそれを指さした。

「この数字は」

「入会日と会員ナンバーです」

ネットカフェ『フラミンゴ』のオープンは二月三日だ。二週間ほどで四十七人が会員登録したことになる。

坂本は小口の客だ。ウラは取ってある。

「二月十五日といえば、全国で初めて千葉県警がネットカジノを摘発した日じゃないか。不安にならなかったのか」

「その事件を知ったのは翌日です。それに、セキュリティは安全だと聞きました」

「誰に」

「フラミンゴの店長です。いろいろ説明を受けました」

「胴元は客が安心することしか言わん」

「遊びでも罪になるのですか」

「捜査に協力するか」

「すれば見逃してくれますか」

「もちろん。約束する。俺は女とうそが嫌いでね。顔を見ればわかるだろう」

坂本の表情が弛《ゆる》んだ。

「やっぱり、もてない顔に見えるか」

「いいえ。言い方がおかしかったので……すみません」

「あした、麻布署に来なさい。何時なら都合がつく」

坂本が眉をひそめた。困惑の顔つきになった。

「面倒なことは早く済ませたほうがいい。一回でおわらせる」

「わかりました。では、午後一時に」

「受付で生活安全課の小栗と言えばわかるようにしておく」

「必ず行きます。もうインカジはやめます」

坂本が目と声で訴えた。

小栗は答えなかった。坂本はやめない。確信がある。運が悪ければ単純賭博罪で逮捕される。違法賭博に手を染める連中は懲りない。麻薬とおなじだ。

「これは預かる」

ＩＣカードと名刺をポケットに収め、運転免許証は返した。

麻布署に戻り、翌日の手配を済ませて部署を去った。肩をすぼめてエントランスの階段を降りる。陽が沈み、風がでていた。空に雲がひろがりかけている。

ゆるやかな坂をのぼり、六本木交差点へむかう。ゴールデンウィーク明けの金曜日。路上を歩く人が増えていた。六本木界隈《かいわい》は土日祝日の前夜になると平日の数倍の人が集まってくる。とくに若者の姿がめだつようになる。

雑居ビル二階の食事処に入った。

十五、六人が座れるカウンターとテーブル席が七つ。七分の入りか。あと十五分、午後七時になればいつも満席になる。カウンターに座る客の大半は六本木で働く者だ。

小栗はカウンターにならぶ大鉢を見た。

「アジ南蛮、ほうれん草の白和え、肉じゃが、あと玉子焼きと小瓶一本」

絣《かすり》のシャツを着た若い女が復唱する。

聞かずに奥へ進み、カウンターの端に腰をおろした。

「先に食ってます」

となりの男が言った。キャバクラの客引きである。中井《なかい》と名乗っているが、身元確認はしていない。どうせ長くても五年で街から消える。

「儲かってるか」

言って、煙草を喫いつけた。となりが顔見知りでよかった。煙草を嫌う者なら顔をしかめる。わざとらしく咳《せき》をする者もいる。

「おかげさまで」

中井がにんまりした。

意味は通じた。六本木はぶったくりなどの悪質なキャバクラがすくない。数人で客を囲むとかの強引な客引きもあまり見かけない。だから、六本木を巡回する警察官も多少のことには目をつむる。小栗は無視する。面倒くさい。中井は情報元でもある。客引き連中は路上を行き交う人々に目を光らせている。

「面倒になってないか」

「……」

中井が箸を止めた。食べかけのアジフライをはさんでいる。

「おまえは金竜会《きんりゅうかい》の世話になってるんだろう」

「なりたくてなったわけじゃ……なにを調べてるんですか」

「仕事じゃない。酒の肴《さかな》だ」

小栗は店員にグラスを頼み、ビールを注いでやった。

「大原組《おおはらぐみ》が粋がってるそうだな」

金竜会は神戸の神侠会《しんきょうかい》の二次団体だ。大原組の組長は金竜会の元幹部で、神侠会を離脱してできた生田《いくた》連合に移籍した。去年の秋のことだ。以来、新聞の社会面をにぎわす抗争事件はおきていないが、小競り合いは多発しているという。

「無事に仕事ができりゃ、どっちに払ってもかまいませんよ」

中井がグラスを傾け、咽《のど》を鳴らした。

客引きはキャバクラに雇われているが、日当は微々たるもので、客を勧誘したマージンが稼ぎになる。その稼ぎの五パーセントから十パーセントをショバ代として暴力団に納める。キャバクラが支払う守り代とは別途なのだ。

「ところで」声をひそめた。「フラミンゴに行ったことは」

「ネットカフェですか」中井も小声で言った。「ありません」

「オーナーを知ってるか。陰のほうだ」

中井が首をふった。

「調べられるか」

「さあ。畑違いだからね」

「それとなくさぐってくれ。それと、仲間にフラミンゴの会員がいれば教えろ」

「なんか、いいことがありますか」

「ねえよ」

ぶっきらぼうに言い、ふかした煙草を消した。

中井には貸しがある。おととしの夏のことだ。中井は路上で売春の斡旋《あっせん》をした。女はクラブで遊ぶ高校生だった。中井は未成年とは知らなかったと言い張った。女子高校生も自分が頼んだことを認めた。小栗がその女子高校生に職務質問をかけて判明したことで、そうでなければ中井は麻布署の留置場で寝るはめになった。

箸を持った。こんやも食欲はありそうだ。

ショットバーで水割りを二杯飲んだ。食後のうがいのようなものだ。酒は強い。巡回中に立ち寄る店でだされる酒は拒んだことがない。

外苑東通を飯倉方面へむかう。午後八時を過ぎ、人がさらに増えた。

この街に来て八年になる。小栗は三十歳で麻布署生活安全課に配属された。

路地に入り、つきあたりを右折し、階段を降りる。着任した当時、このあたりは背筋がつめたくなる気配を感じた。近くに墓苑があるせいかもしれない。

鈍い音がした。うめき声も聞こえた。

小栗は視線をむけた。

「おい。なにをしてる」

四人の男が輪になっていた。その中でジャケットを着た男がうずくまっている。

「なんだ、てめえ」

背の高い男が突っかかってきた。

小栗は男のブルゾンの襟をつかんだ。頭突きが顎に命中する。

男がうめき、膝を折った。

「なにしやがる」

ジャンパーを着た若者が詰め寄った。

「よさないか」

低い声がした。グレーのスーツにブラウンのネクタイ。リーゼントが決まっている。

小栗はその男と正対した。

男が先に口をひらく。

「刑事さんですね。やくざとは雰囲気が違う」

「サラリーマンには見えんのか」

「冗談がきつい」

男が目で笑った。

「麻布署の者だ」警察手帳をちらりと見せる。「なにをしていた」

「教育です。行儀の悪い野郎は身体《からだ》で覚えさせるしかありません」

「おまえら、半グレか。見かけない顔だが」

「こちらの台詞《せりふ》です。あなたは新任ですか」

「ふん」

小栗は腰をかがめた。蓑虫《みのむし》になっている男の肩にふれた。

「おい、あんた……」

目をしばたたいた。金竜会の組員だった。いつも肩をゆすって歩いている。

「やくざが半グレから袋叩きにされてどうする」

「うるせえ」

強がっても迫力はない。顔は腫れあがり、耳とくちびるから血が流れている。

「こいつらを訴えるか」

「するか」

「救急車を呼ぶか。それとも、事務所に連絡してやろうか」

「よけいなお世話だ」

「かわいげのない野郎だ。ずっと寝てろ」

小栗は組員の肩を小突いた。立ちあがり、リーゼント男に面と向かう。

「こいつがなにをした。ドラッグの客をとられたか」

「想像はご自由に」

「金竜会の者と知ってのことか」

「詐欺集団になりさがったやくざに喧嘩《けんか》する根性なんてない」

「えらそうに言うな。おまえらも同類じゃないか。集団暴行が得意技……拳銃《チャカ》を弾《はじ》いたこともないくせに」

「そんなものは要らん。クズのひとりや二人、片手で殴り殺せる」

声音が変わり、目が鋭くなった。

「ほざいてろ」

「署に連行するか」

「せん。クズは俺の担当じゃない。手錠が腐る」

小栗は保安係に属している。賭博事案の担当だ。風俗や薬物の事案も手がける。どれも暴力団とかかわりがあるけれど、組織犯罪対策課の連中と組んだことはない。

「手帳を開いてくれませんか」

リーゼント男のもの言いが元に戻った。

小栗は警察手帳をかざした。

「小栗さんか。部署は」

「生活安全課だ」

「歳は」

「三十八」

「で、巡査……そうとうデキが悪そうですね」

「頭が悪い。ＩＱはおまえといい勝負だ」

「くっく……」

男がふくみ笑い、上着の内ポケットから名刺入れを取りだした。

「クビになったら訪ねてください」

言って、くるりと背をむけた。三人の男があとに続く。

小栗は名刺を見た。〈ゴールドウェブ　代表取締役　石井聡《いしいさとし》〉とある。

ロングヘアの女が甲高い声で騒いでいる。クラブに響き渡るミックスサウンドの音量にも負けない。派手な身ぶり手ぶりで、ワンショルダーのタンクトップから乳房がはみだしそうだ。彼女のそばにいる三人の若者の顔はやにさがっている。

「ご機嫌だな」

小栗は女に声をかけた。女とおなじボックス席で連中を眺めていた。

女が視線をむけた。小栗がいるのに初めて気づいたような顔を見せた。

「空を飛んでるのか」

「星の中よ」

女の声量は変わらない。

そばの若者たちが顔をしかめた。小栗は邪魔者なのだ。

気にしない。小栗は腰をずらし、女に近づいた。

「俺も連れてってくれ」

女の瞳が端に寄った。

「経験あるの」

「ものはなんだ」

「お望みのものを……なんでもあるわよ」

「いいね」

さらに近づいた。あまい匂いがする。化粧か、ドラッグか。そそられる匂いだ。

「小栗さんじゃないですか」

声がして、視線をふった。

オールバックの男が近づいてくる。黒っぽいスーツに紺のネクタイ。ゴールドのブレスレットがきらめいた。クラブ『Gスポット』の店長、杉下《すぎした》だ。『Gスポット』はこの五年間で四度も店名を変えた。そのたび社長の首はすげ替えられたが、杉下はずっと店長を務めている。陰のオーナーの子飼いというわけだ。

杉下がソファに浅く腰をおろした。

「巡回の途中ですか」

「やましいことでもあるのか」

「とんでもない」杉下が手のひらをふった。「小栗さんのお手はわずらわせません」

「茶々を入れに来たんか」

小栗の声に女のそれがかさなった。

「誰なの」

「麻布署の刑事さん。なにかとお世話になっています」

杉下が答えた。

「へえ」女が目をまるくした。「やくざかと思った」

おどろいてもこわがってもいないのは表情でわかる。

「ますます気に入った。あんた、名前は」

「お願いしますよ、小栗さん」杉下が口をはさむ。「大切なお客様なんです」

「それならＶＩＰルームに閉じ込めておけ」

女がカラカラと笑った。

「遅くなりました」

背後で声がした。ふりむかなくてもわかる。同僚の福西宙《ふくにしひろし》だ。小栗よりひと回り若い二十六歳。笑うと二十歳そこそこにも見える。

「たのしそうですね」

福西が小栗のとなりに座った。手にグラスをさげている。

「女を口説いてた。極上の、飛んでる女だ」

福西が言葉を返す前に、女が口をひらく。

「ねえ、ほんとうに飛びたいの。星の見えない部屋はいやよ」

「野暮なまねはせん。俺は仕事嫌いで有名なんだ」

「そのとおり」福西が言う。「おかげで、先輩の分まで残業させられました」

「かわいい刑事さん」

「おい、フク。この手の女は相手にするな」

女のひと言に、福西がにこりとした。

「なぜですか」

「弄ばれて、捨てられる」

「どうしてわかるの」

言って、女が顔を近づける。なにもかもがたのしそうだ。人生の絶頂期なのか。それとも、ドラッグで頭の中が空になっているのか。

「レナさん」

細身の女が寄って来て、ロングヘアの女のうしろにまわった。肩に手をのせる。

「もう出ましょう。疲れちゃった」

「いいよ」やさしく言い、肩の手を握る。「おいしいもの、食べに行こう」

レナと呼ばれた女が立ちあがった。

「あなたたちはここで遊んでなさい」

若者に声をかけ、杉下を見た。

「あとはよろしくね」

「かしこまりました」

杉下が丁寧に答えた。

レナがボックス席を離れ、すぐに立ち止まった。

「刑事さん、宇宙旅行はこんどね」

「たのしみだ」

小栗はかるく手を挙げた。

福西がレナの背を目で追った。

小栗は若者のひとりに声をかけた。

「何者だ」

「ぼくらの先生です」

「教師か」

「そうではなくて……」

「おい」連れの男が声を張った。「出よう」

小栗は視線を移した。いつのまにか、杉下は消えていた。

クラブを出た。目の前の信号が赤に変わり、足を止めた。

福西が口をひらいた。

「なにをしている人でしょうね」

「ん」

「さっきの、レナという女性です。腕時計もバッグも高価なブランド品でした」

「なまいきな女が好みか」

「そんなことはないけど、きれいな人やうつくしいものは好きです」

「あ、そう」

そっけなく返し、横断歩道を渡る。

もうすぐ午後十一時になる。ネオンがあかるくなったように感じた。それでも六本木が隆盛を極めたころの面影はない。

立川署から異動してきた当初は街の喧騒にとまどった。むせ返るほどの熱気を感じ、街は輝いていた。激務になりそうで気分がめいった。それから半年、リーマンショックで六本木はゴーストタウンに豹変《ひょうへん》した。笑顔の外国人は姿を消し、ブランド品で着飾るキャバクラ嬢はめっきり数を減らした。路上に人がいなくなって目についたのは古ぼけた建物である。六本木交差点から飯倉交差点に至るまでは築三十年を超えるビルがほとんどだ。みすぼらしい光景の中に過去の栄華がひそんでいるようだった。

それでも週末や祝日前の、深夜へむかう一時だけは街が生き返る。

路上でTシャツ姿の黒人男がステップを踏んでいる。地響きしそうな巨漢だ。ショーパブの客引き兼用心棒をしている。

「ヘイ、だんな」

黒人男が声を発した。

小栗は立ち止まった。目の高さに黒人男の顎がある。

「気安く言うな。握り潰すぞ」

股間をつかんだ。

「ワオ」

黒人男が肩をすぼめておどけた。

「こっちがワオだ」

男の一物は手のひらからこぼれそうだった。

路地を折れ、ゆるやかな坂をくだる途中の雑居ビルに入った。五階にあがる。エレベーターの扉が開くと、破声《われごえ》が聞こえた。

「ひどい音痴ですね」

「騒音条例違反で逮捕してやれ」

小栗は、『花摘《はなつみ》』のプレートが付いたドアを引き開けた。

手前に鈎《かぎ》型のカウンター、奥にベンチシートがある。先客はシートにひと組がいた。小太りの中年男がマイク片手に叫んでいる。それを三十歳前後の男と、花柄のワンピースを着た女がはやし立てる。

「オグちゃん、いらっしゃい」

カウンターの中の女が言った。ママの詩織《しおり》だ。ほっとしたような顔を見せた。四十三歳になったか。直になるのか。誕生日は聞いたが、忘れた。小柄で童顔だが、四十を過ぎて目尻の小皺《こじわ》がめだつようになった。

小栗はカウンターに座った。角をはさんで、福西も腰をおろした。いつもの席だ。この店に通って五年になるが、カウンターが満席になるのを見たことがない。

詩織がおしぼりを差しだした。

「ごめんね。うるさくて」

「気にするな。こっちの話を聞かれなくて好都合だ」

「そう、よかった」詩織が頬を弛めた。「フクちゃんはなにを飲む」

「おなじものをください」

「いいの。消毒薬みたいって言わなかった」

「なれました。先輩の毒気にも……」

「それなら安心……こわいものなしね」

「うるさい」

小栗は煙草を喫いつけ、左腕で頬杖をついた。

詩織がラフロイグの水割りをつくる。かなり濃い目だ。

うしろでは、まだ中年男が歌っている。ようやく気づいた。中島みゆきの『悪女』。猪首《いくび》の男は声質がいいと聞いたが、例外もあるようだ。

水割りをひと口飲んで、福西に話しかけた。

「報告書は書きおわったか」

「適当ですが……そのうち怒鳴られますよ。オグさんのデスクに座っているあいだ、何度も梶村《かじむら》さんに睨まれました」

梶村は古参の巡査部長で、同僚への気配りができるが、小言も多い。

犯罪報告書や捜査状況報告書は各自がパソコンに打ち込み、担当者に送信する。手書きを好む者もいるが、データ処理に時間を要するためパソコンを奨励するようになった。小栗は文章を書くのが苦手で、パソコンにはさわりたくもない。

「おまえには言わんさ。言えば俺ともめる。俺とは口もききたくないんだから、面倒になることは避ける」

「いい人なのに」

「俺はわるいやつだ」

「そんなことないです。やさしいときもある……たまにだけど」

「ひと言多い」

グラスを空け、息をついた。自分でボトルを傾ける。

福西とコンビを組んで半年になる。はじめはうっとうしい存在だった。金魚の糞《ふん》でいればいいのに、なんでもかんでも聞きたがった。当時は入庁三年目、初めての部署だから致し方ない面もあったけれど、福西の気性によるところもおおきかったのだろう。

「そうそう」福西の声がはずんだ。「四係がインカジの情報をほしがっています」

組織犯罪対策課四係のことだ。警視庁が捜査四課を組織犯罪対策部に編入したあとも、警察関係者はマル暴担当部署を四課、四係と称している。

当初インカジは自分のパソコンを使ってゲーム感覚でプレイするのが大半だった。ほどなく海外のカジノと連携するエージェントがあらわれ、パソコン画面に本場のカジノの映像を映すようになって、カジノ好きの連中がはまった。

内偵捜査中のネットカフェ『フラミンゴ』はそういう連中が出入りしている。都内にはインカジ専門のネットカフェやマンガ喫茶が増えつつある。

だが、摘発するのは容易ではない。賭博罪は現行犯逮捕が基本である。インカジはカネのやりとりをクレジットカードや預貯金口座を介して行なう。そのカネの流れをつかまなければ本格捜査に着手できない。胴元は摘発を警戒し、三か月、半年単位で経営者の名義を変え、偽名で客の口座に振り込むなどして、内偵捜査を困難にする。

いずれマル暴部署が動くとは思っていた。インカジの大半は暴力団が絡んでいる。

「誰に聞いた」

「係長です。合同捜査になるかもしれないと」

「そうなりゃ、俺は降りる」

「なぜですか」

「やつらの検挙率を見れば一目瞭然だ。公営ギャンブルのノミと野球賭博に麻雀《マージャン》……あちこちのマンションで組関係者が賭場を開いている。それなのに連中が動くのは、張り客の身内が警察に泣きついたときだけだ」

「自分らにも情報をよこしませんね」

「あたりまえだ。それどころか、捜査情報を流してる。連中に言わせれば、些細《ささい》な情報の見返りに暴力団の内部情報を集めていると……開き直ってやがる」

「フラミンゴも」福西が声をひそめた。「絡んでいるのでしょうか」

「十中八九……フロントだろうが」

暴力団員は銀行や郵貯に口座をつくれない。車の購入も駐車場の賃貸契約もできない。マル暴担当の捜査員には良し悪しだ。法律や条令を厳しくしたことで暴力団の内情把握がむずかしくなった。

「連携する前に挙げましょう」

小栗はあんぐりとした。福西は本気なのだ。目を見ればわかる。

カラオケがおわった。

客席にいた女がクレジットカードを手に、カウンターにやってきた。

「ママ、お願いします」

中年男がサインを済ませて店を出る。連れの男は両手に鞄《かばん》をさげていた。見送りから戻って来た女がカウンターに両肘をつく。小栗らには見むきもしなかった。

「ママ、あがっていいですか。体調が悪くて……」

「お客様がいらっしゃるのに、失礼じゃない」

女が視線をふった。

「ごめんなさい」

なげやりなもの言いだった。

「具合が悪いなら仕方ないけど、早引け扱いよ」

「わかりました。でも、きょうの日払いはお願いします」

詩織がボトル棚の抽斗《ひきだし》を開け、封筒にカネを入れた。

女が中身を見る。頬がふくらんだ。

「売上のバックは」

詩織の顔色が変わった。

「あなたね」

詩織の声に男のそれがかさなった。

「まだですか」

半開きのドアから男が覗《のぞ》いている。二人連れの若いほうだ。

女がクローゼットからバッグを手にし、そそくさと出て行った。

「いやになる」詩織の声にため息がまじった。「マイナンバーのせいよ」

「どういう意味です」

福西が訊いた。

「バイトをしているのがばれるのをおそれて、ネットに募集をかけても面接にこないの。マイナンバーの個人情報は絶対に洩《も》れないなんて、うそ。企業の総務の人に聞いたんだけど、社員がアルバイトや副業をしているかどうか、マイナンバーをチェックすればすぐにわかるって……まともな企業は簡単に入手できるみたい」

「それって変ですよ。法にふれることがまともとは……」

「世の中、すべて変なの」

さめた口調で言い、また詩織が息をついた。

「やめろ。辛気くさい」小栗は煙草とライターをポケットに入れた。「フク、よそで飲み直そうぜ」

「わたしも行く」

詩織が声を張った。

「フク、領収証をもらえ」

「自分の払いですか」

「署の払いだ。俺が出金伝票を切れば、あれこれ訊かれる」

「大変ね」詩織が言う。「スーパー学割の、ひとり三千円なのに」

酒場で飲めば、どこでも三千円を置いて帰る。店と交渉したわけではない。勝手にそうしているが、文句を言われたことはない。舌を打ち鳴らす者はいるだろう。小栗が去ったあと、塩を撒《ま》く者もいるかもしれない。

★　★

口をゆすいでから、淹《い》れ立てのコーヒーをブラックで飲む。煙草二本をふかしたあと、歯を磨く。長い習慣になった。
部屋に戻り、窓を開ける。ちいさな青空が見えた。
1Kのアパートだ。上目黒四丁目。近くに目黒川支流の蛇崩川《じゃくずれがわ》がある。古くからの住宅街だが、大学生も多く住んでいる。
胡坐《あぐら》をかき、座卓に新聞をひろげたところに携帯電話が鳴った。官給のほうだ。
「はい、小栗」
《福西です。きのうはごちそうさまでした》
「そんなことを言うために電話したのか」
《いけませんか》
元気な声だ。
「用を言え」
《寝坊してるんじゃないかと思ってかけました》
「退屈なんだろう」
《図星です。にぎやかで早くに目が覚めました》
昨夜は『花摘』を出たあとラーメンを食べ、ナイトパブに行った。詩織が客と利用する店だ。飲んで歌って、遊び疲れたのは三時か四時か。麻布署で寝るという福西と別れ、詩織にタクシーで送ってもらった。詩織はすこし先の駒沢に住んでいる。

《モーニングを食べませんか》

「朝っぱらからむさくるしい顔は見たくない。切るぜ」

《待ってください》福西が声を張った。《作戦会議ですよ》

「なんの」

《きのう言ったでしょう。四係の連中の出鼻をくじくのです》

「ひとりでやれ」

通話を切った。くだらないことに体力も神経も消耗したくない。

煙草をふかしながら新聞をめくる。政治に興味はない。金融はほかの星のことだ。スポーツ面で手を止めたあと、東京版と社会面を通読した。

白と黄色の格子柄のパジャマを脱ぎ、カーキ色のズボンを穿《は》く。近ごろはもっぱらチノパンツだ。肌がコットンをほしがる。白いポロシャツの上に紺色のジャケットを着る。座卓にならべた警察用具一式をポケットに納め、セカンドバッグのストラップを持った。私物の携帯電話はバッグに、官給のそれはジャケットの外ポケットにある。

靴を履き、横を見る。長方形の鏡がある。前の居住者が残したものらしい。玄関のドアを開ける前にそれを見るのも習慣になった。

東京メトロ日比谷線の中目黒駅から乗車し、六本木駅で降りた。六本木ヒルズや東京ミッドタウンができて朝の六本木駅は混雑するようになったというが、大手町駅や有楽町駅に比べれば静かなほうである。地上に出て麻布署へむかう。

「おはようございます。小栗さん」

六尺棒を持つ若者が声を発した。すれ違えば笑顔で挨拶される。名前は知らない。大卒の新人ということはわかっている。

「おう。こんど飲みに行こう」

「ありがとうございます」

何度か誘った。実現していないのに新人はうれしそうに答えた。

エレベーターで五階にあがる。生活安全課のフロアだ。専用の取調室も二つある。

保安係の島には四人がいた。係長の近藤隆《こんどうたかし》と目が合った。ものを言いたそうな顔をしている。五十三歳だが、三つ四つ歳を食って見える。三年前に赴任してきた。出戻りだ。三十代の数年間、おなじ部署にいたという。

視線をそらしてジャケットを脱ぎ、椅子に掛けた。

「オグ、ちょっとつき合え」

座る前に声をかけられた。すでに近藤は立っていた。

小栗はジャケットを手に持ち、近藤に続いた。通路に出る。

「どこへ行くんです」

「うるさい。そとに出るまで喋《しゃべ》るな」

そうとう機嫌が悪そうだ。

麻布署の裏口から出た。路上はひっそりしている。年末が近くなれば街路樹に青白いLEDが灯り、カップルの散歩道になるけれど、ふだんは何の変哲もない風景だ。

カフェテラスに入った。透明な折り戸パネルは開いている。助かった。煙草が喫える。

紺色のミニワンピースの制服を着たウェートレスに二杯のコーヒーを注文した。灰皿も頼み、煙草をくわえた。

「俺にもよこせ」

近藤が言った。禁煙したと言うくせによく煙草をねだる。「煙草がなけりゃ、おまえとは話ができん」。近藤の口癖である。

パッケージを渡し、ライターの火を差しだした。

「どうしたんです」

「どうもこうもない」近藤が紫煙を飛ばした。「おちょくってるのか」

「なんのことですか」

「とぼけるな。答案用紙に日の丸を描いたそうだな。試験官がカンカンになって、監察にかけろとわめき散らした」

「おとなげない」

にべもなく言った。

「どういうことだ。説明しろ」

「日の丸を見たら、係長はどうします」

「ん」

「万歳するでしょう。グリコです。お手上げ……で、日の丸を描きました」

「ばかもん」

小栗が肩をすぼめたところに、コーヒーがきた。

近藤がひと口飲み、顔をあげる。

「おやじギャグにもならん。おまえは戦中の世代か」

「中学のころ、おやじに教わりました」

「幾つになった」

「七十八……生きていればですが」

父が四十歳のときに生まれた。

「すまん」

近藤が神妙な顔をした。

「いいんです。そんなことよりも、いつも言ってるでしょう。ガキのころから試験は苦手なんです。答案用紙を見るだけで頭が痛くなる。今回は係長の顔を立てました」

「それなら白紙でだせ。つまらんことをするから作戦が台無しになった」

「作戦……」眉尻がさがった。「どんな」

「本人に昇進したい意思があることを示す。合格するとは端《はな》から思ってないが、意思を示せば選抜推薦という手もある。実際、おまえは経験も豊富で、実績もわが部署の中では一番だ。が、素行に問題がある。始末書は何枚書いた」

「忘れました」

ほんとうだ。十枚は超えたと思う。訓戒処分も減俸処分も受けた。そのせいで、これまで選抜や選考の候補になったことがない。経験と実績をもって巡査長の肩書をつけられたが、正式な階級ではない。さまざまな理由で巡査から巡査部長に昇進できない者への救済措置のようなものである。

近藤がため息をついた。身体が萎《しぼ》んだように見える。

「もう俺にはかかわらないでください」

「それで済むならとっくに見放してる」

言って、近藤が煙草をふかした。

小栗は椅子にもたれ、コーヒーを飲む。小言は続きそうだ。

近藤が煙草を捻《ねじ》り消した。

「いいか。おまえが昇進しなければ部署内がぎくしゃくするんだ。巡査部長になった二人も先輩のおまえにいらぬ気を遣っている。誰とコンビを組ませるか頭が痛い」

「フクがいます」

「その福西も来年には巡査部長になる」

「初耳です」

「おまえに気兼ねして言わないのだ。福西はぬかりなく準備をしている。かしこいし、一発で試験に合格するさ」

「盛大に祝ってやります」

「……」

近藤が目と口をまるくした。

「おまえには欲がないのか」

「あります。食欲、性欲、キン欲……人なみです」

「まともに答えろ」近藤が唾を飛ばした。「このさいだから言っておく。警務はおまえの異動を本気で考えている。が、受け入れる署がない。どこも強硬に抵抗するそうだ。当然だな。おまえのデータを見て歓迎するやつなどいるもんか」

小栗はそとを見た。のどかな風景だ。ひまつぶしの会話のように思えてきた。

「警務へ行って頭をさげろ」

近藤の声に視線を戻した。

「それで係長の顔が立つのなら」

「他人事《ひとごと》みたいに言うな。とにかく詫《わ》びを入れろ。あとは俺がなんとかする」

「続きがあるのですか」

「作戦を練り直す。おまえのためじゃない。みんなのためだ」

「むだな努力は……それよりも、気に入らないことがあります」

「なんだ」

「四係がちょっかいをだしてきたそうですね」

「ちょっかいじゃない。上をとおして、捜査協力を打診してきた。本庁の意向だ」

「おなじことです。むこうはどうしてこっちの動きを知ったのですか。まだ内偵捜査に踏み切ってないのですよ」

小栗と福西が『フラミンゴ』の周辺捜査を始めたのは先々週のことである。女が麻布署を訪ねてきたのがきっかけだった。

「夫がインターネットカジノに嵌《はま》って……助けてください」

応接室のソファに座るなり、女は前のめりになった。三十歳前後か。細身で、目がくぼんでいる。生まれつきの顔なのか、夫のことでやつれたのか。

「順を追って訊ねます」小栗はおだやかに言い、ボールペンを手にした。「あなたの名前と住所を教えてください」

「坂本優子《ゆうこ》、夫は英紀です。品川区戸越に住んでいます」

「荏原《えばら》署ではなく、どうして麻布署に」

「夫はネットカフェで……インカジと言うのでしょう。六本木のフラミンゴってネットカフェは客にインカジをやらせています」

「そのことをどうやって知ったのですか」

「夫です。問い詰めました。脱ぎ捨てたスーツを片付けているとき、ポケットにカードを見つけたのです。サラ金のカードが二枚も……気になって、つぎの日に銀行へ行ったら、定期預金のおカネが……」声が詰まった。「お家《うち》を買うためのおカネなのに」

「ご主人が解約した」

「いいえ。それを担保におカネを借りていました。百万円も……」

銀行からの借入れもサラ金の借金も三月のことだという。

「六本木のフラミンゴで間違いないですか」

「ええ。わたしにうそをつく人ではありません」

首が傾いた。隠し事はうそに入らないのか。どうでもいい。

「サラ金からは幾ら借りたのですか」

「八十万円です」

「合計百八十万円……ほかでも博奕《ばくち》をやっていませんか」

「それはありません」

優子がきっぱりと言った。

「競馬や競輪、パチンコとか」

優子が首をふった。

そんなわけがない。思ったが、口にするのはやめた。己を信じている者になにを言ってもむだなことだ。

「ここに来たのは、なぜですか。ご主人はインカジをやめると言わなかった」

「言いました。でも、不安は消えなくて……いい人なんだけど、意志の弱いところがあって……それに、ギャンブルは依存症になるというでしょう」

もうなっています。立派なギャンブル狂です。目で言った。

「お願いです。フラミンゴをつぶしてください」

「はあ」

「お店がなくなれば、夫もやれません」

そういう発想か。あきれてものが言えなくなった。

捜査することを約束して、優子を帰した。

翌日から坂本英紀と『フラミンゴ』の周辺捜査を始めた。賭博容疑が深まれば捜査員を増やし、本格的な内偵捜査に踏み切る方針である。

「どこかで、おまえと鉢合わせたんだろう」

近藤が言った。

「四係もフラミンゴに目をつけていた」

「どうかな。フラミンゴに暴力団が絡んでいるとの情報を得たのか、すでに内偵を始めていて、思うようにはかどっていないのか」

「どっちにしても、おことわりです」

「おまえの意思は関係ない。上が決めることだ」

「止められないのですか」

「むりだ。本庁は組織犯罪対策部署の事案を最優先している。東京オリンピックまでに都内の暴力団を壊滅させる……鼻息が荒い」

「寝言は死んでからにしてもらいたいもんです」

暴力団がなくなるのは地球が滅ぶときだ。

「諦めて、クズ情報を流してやれ」

「ない袖はふれません」

「なるほど」

近藤がにやりとした。

「なんです」

「おまえのねじれた性格はわかってきた」

「……」

「おまえが稼ぐ点数は、俺の点数だ。本庁や四係にくれてやるつもりはない」

「たいした出世欲で」

「そんなものはない。この歳で警部補……先は見えている。退職前に昇進し、どこかの署の課長になる。そのささやかな夢のために、おまえが頑張れ」

「俺を飼い殺しにするのですか」

「おまえが万年巡査長なら、俺が望まなくてもそうなる」

近藤が首をすくめた。

「ご期待に応えるために、相談に乗っていただけませんか」

「言ってみろ」

「手の空いている者でかまいません。ひとり増やしてください」

「いるわけがない。いたとしても、おまえの頼みを聞くやつがいるとは思えん」

現在、保安係には係長以下、七名の捜査員がいる。その数で風俗営業、保安、風紀、さらに外国人不法就労などを担当するのだから、誰もが事案をかかえている。本格捜査に乗りだせば部署の内外に応援を要請することになる。

近藤が言葉をたした。

「サイバーに掛け合ってみるか」

生活安全課にはサイバー犯罪を担当する部署がある。

「ネットオタクはどうも……使えそうな若者がいます」

「どこの、誰だ」

「地域課の新人です」

近藤が目をぱちくりさせた。

「南島《なじま》か」

「名前は知りません」

「優秀な男だ。二年でおまえの上司になるかもしれん」

大卒採用者は二年の実績で昇任試験を受ける資格を得る。

「地域課に掛け合ってください」

「いいだろう。期間は」

「とりあえず一週間……四係との連携が決まれば、その時点まで……将来ある若者にマル暴担の垢《あか》をつけさせるのはかわいそうです」

「おまえの垢はどうなんだ」

「石鹼《せっけん》でおちます」

さらりと言い、煙草をふかした。

雑居ビルの七階にあがった。正面にカウンターがある。右側はガラスで仕切られ、自動ドアがある。左の壁に色彩あざやかな絵画。清潔感のある空間だ。

「いらっしゃいませ」

カウンター内の男が言った。ひとりだ。白いワイシャツに黒っぽいスーツ。黄色と黒のストライプ柄のネクタイを結んでいる。短めの髪は立っていた。

「麻布署、生活安全課の小栗……連れは同僚の福西」

小栗は警察手帳を示し、男の胸元を見た。〈店長　武蔵〉のネームバッジがある。

「ご苦労様です」

男の口調は変わらない。表情もおだやかなままだ。

「タケクラ店長……」

「ムサシです」

「失礼。店長、訊ねたいことがある。すこし時間を取ってくれ」

「承知しました。ですが……」武蔵が置時計を見た。「十分ほど待ってください。あいにく従業員がでかけていまして」

「それなら事務所で待つ」

「事務室はせまくて、散らかってます。一階の喫茶店でお待ちください」

「わかった」右に視線をふった。扉の柱に器具がついている。「あれは」

「お客様はカードをかざして入るようになっています」

「何室ある」

「このフロアは五室、上は七室あります」武蔵が小首をかしげた。「失礼ですが、あなたは保安の方ですよね」

「もう一度、見るか」

小栗は懐に手を入れた。

「けっこうです。営業許可の申請時に資料と見取り図を提出したものですから」

「担当が違う」そっけなく言う。「では、あとで」

言いおえる前に、福西がエレベーターのボタンを押した。すぐ扉が開いた。このビルの二階から六階は酒場ばかりだ。土曜の午前中に出入りする者はすくないだろう。

喫茶店に先客はいなかった。腹は減っているが、時間がない。コーヒーを注文した。

「大丈夫ですか」福西が心配そうに言う。「警戒されますよ」

「いいさ。四係に横取りされるくらいなら閉店に追い込むほうがましだ」

「本気ですか」

「どうかな」

小栗は煙草をくわえた。

「あの店長、おちついていましたね」

「ああ。三十代半ばか……やさしい顔とは裏腹に、度胸が据わってる」

「インカジの件を切りだすのですか」

「そこまではせん。まあ、見てろ」煙草をふかした。「ひとり、バイトを雇ったぞ」

「えっ」

「地域課の南島という新人だ」

「知っています。なかなかの好青年です」

「なんだ、その言い方は。おまえと変わらんじゃないか」

「三つ違えばおおきな差です。自分はすっかり先輩の垢に染まりました」

「風呂に入ってないのか」

「……」

福西がぽかんとした。

そこへウェーターがコーヒーを運んできた。やる気のない顔をしている。

小栗はカップに手をつけず、話を続ける。

「店長と別れたあと、南島と合流し、フラミンゴを見張れ。やつの電話番号だ」

メモ用紙を渡した。

「オグさんは」

「容疑者に会う」

「誰です」

「俺らに仕事をやらせた張本人だ」

「坂本英紀ですか」

「言い忘れたが、きのうフラミンゴを出てきたところを呼び止めた」

「そんな大事なことを……」福西が目を見開いた。「とても相棒とは思えません」

「おまえがなまいきな女にうつつをぬかすからだ。あれで、忘れた」

「日本語が間違ってます。うつつをぬかしたのではありません」

「気にするな。で、坂本は午後イチに出頭する」

「賭博容疑で取り調べるのですか」

「容疑者は協力者になる。そうさせる」

「まったく」

福西がため息をつき、カップを手にした。

同時にドアが開き、武蔵があらわれた。

「お仕事中に申し訳ないです」

福西は変わり身が早い。立ちあがって言い、小栗の前の席を勧めた。

武蔵がアイスコーヒーを頼んでから顔をむけた。

「お待たせしました」

小栗は手のひらをふった。

「とんでもない。あんたは、いつからフラミンゴに」

「オープンの準備段階からです」

「それ以前は」

「インターネット関連の会社に勤めていました」

「ソーシャルメディアに強い」

「普通だと思います。わたしの経歴に興味がおありですか」

「ない。では、用件に入る。じつは、タレコミがあってね」顔を近づけ、わざと声をひそめた。「捜査の協力をお願いしたい」

武蔵の表情が硬くなった。

「どのような事件ですか」

「詳細は言えんが、タレコミの内容は、六本木周辺のインターネットカフェで薬物の取引が行なわれているというものだ」

「フラミンゴではありえません。会員制なので、身元の確かなお客様ばかりです」

「身元を証明するものの提示を求めているのか」

「写真で確認できるものを……ですから、リスクをおかす犯罪者はいないと思います」

「念のためだ。協力してもらいたい」

「どうすればいいのですか」

「会員名簿を見れるか」

「それは……個人情報の提出は店の信用にかかわります。とてもむりです。拒めば、家宅捜索令状を取るつもりですか」

「状況によってはそうなることもある」

「社長に話してみますが、むずかしいと思います」

武蔵が真顔で言った。

小栗はポケットの写真を取りだした。

「この男に見覚えは」

武蔵が手にした。

「ないです。この男が薬物にかかわっているのですか」

「答えられん。見覚えがないんだな」

「オープンして三か月ですからね。記憶は確かです」

「あんたが店にいないときもあるだろう」

「それでも、来店されたお客様はチェックします」

「防犯カメラで」

「えっ……ええ、そうです」

「警備会社に委託しているのか」

「いいえ。セキュリティに関してはビルの管理会社にまかせています」

「防犯カメラの映像を見るのも……むりか」

「勘弁してください」

「では、この人物が……」写真を指さした。「あらわれたときは連絡をくれるか」

「もちろんです。その程度の協力は惜しみません」

「あんたのケータイの電話番号は」

武蔵が目をしばたたいた。

「緊急の連絡用だよ」

言って、小栗はセカンドバッグを開き、携帯電話をだした。私物のほうだ。

武蔵が数字を言う。それを自分の携帯電話に打ち込み、発信ボタンを押した。軽快な音楽が流れだした。曲のイントロだろう。が、聞き覚えはない。流行のポップスには無関心で、口ずさめるのは映画音楽くらいだ。それも外国映画にかぎる。

武蔵がポケットの携帯電話を手にするのを見て、鳴らすのをやめた。

「その番号に……いつでもでる」

「わかりました。では、これで失礼します」

武蔵が立ち去った。コーヒーは手つかずのままだった。

福西が口をひらいた。

「その写真、誰です」

「不法滞在者だ。資料室から借りてきた」

「なんてことを……持ちだし許可は取ったんでしょうね」

「神経質になるな。五年前の事案の、チャイニーズだ」

「中国大使館から抗議されます」

「ばかな。新人に電話しろ。俺は先に出る」

携帯電話と写真をバッグに収めた。立ち食い蕎麦屋《そばや》に寄って、麻布署に戻った。

係員らは昼食か、出動したのか、五階フロアは閑散としていた。

小栗は、近藤係長の前に立った。

「取調室を使います」

「ん」

近藤が動きを止める。弁当を食べていた。

「誰を取り調べる」

「坂本英紀です」小声で言う。「任意で呼びました」

「いいのか。内偵前の段階でそんなまねをして」

「小物です。それに時間がありません」

小栗は人差し指を天井にむけた。六階は組織犯罪対策課のフロアだ。

「まかせる」

近藤が箸を動かした。

同時に、坂本が入ってきた。

小栗はドアのほうへむかった。通路の端に取調室がある。

コットンパンツにスニーカー、格子柄のボタンダウンの上にジャケット。坂本は軽装だった。表情が硬く見えるのは警察署になれていないせいか。きのうの喫茶店のときよりも幾分か顔色がましである。

取調室に筆記係の制服警察官はいない。ボイスレコーダーも用意しなかった。警視庁の組織犯罪対策部の介入を意識してのことだ。

「気楽に」

声をかけてパイプ椅子に座り、煙草をくわえた。アルミ灰皿を持ち込んである。

「奥さんには話したのか」

「いいえ。でも、どうして妻がいると……」

「調べた。いろいろと……いまのところ、あんたは賭博罪の被疑者だ」

「約束が違います」

「捜査に協力すればと言った。が、約束は守る。見てのとおり、二人きりだ。ただし、協力しなければ調書をつくるはめになる」

「わかりました」

坂本が肩をおとした。

「では、フラミンゴのことから訊く。部屋は幾つある」

「七階は五部屋です。八階にはあがっていません」

「部屋のひろさは」

「四畳ほど……一般的なネットカフェよりもひろいです。リクライニングの椅子と備え付けのテーブルがあります。給湯ポットとマグカップ、インスタントのコーヒーとお茶が部屋ごとに用意してあるのもほかとは違うところです」

「プレイの方法は」

「パソコンのモニターを見ながら……キーボードのほかに、タブレットが接続してあり、ゲームをやるときはそれを使います」

「映っているのは本場のものか」

「ええ。いつもおなじではありませんが、外国のカジノと聞きました」

坂本がすらすら答える。協力者になりきったようだ。

「部屋に防犯カメラはあるか」

坂本の首が傾いた。

「気づきませんでした」

小栗は椅子にもたれ、煙草で間を空けた。

坂本が缶コーヒーのプルタブを引きおこした。お茶を用意するのは面倒だ。指紋を採るのに缶コーヒーを用意した。

「さて」声を発し、ポケットから三つ折の用紙を取りだした。三枚ある。デスクにならべた。「これ、わかるな」

坂本が目をまるくした。

「銀行口座の入出金明細書……ぼくのじゃないですか」

「本来なら被疑者本人には見せない。が、あんたは素直に協力している。で、てっとり早く、これを見ながら話を聞くことにする」

坂本が頷《うなず》いた。空唾をのんだようにも見えた。

「三月は一回の出金、四月は一回の出金に二回の入金……間違いないか」

二月は勝てず、負け分が三月に引きおとされたのだ。

「はい」

「入金はバカラで勝ったカネだな」

「そうです。振込のときは五百円の手数料を引かれます」

出金は三月が一六三〇〇円、四月は一五七〇〇円だった。引きおとした相手は『ＤＮ企画』になっている。入金額は計二〇五〇〇円だ。

「振込人は田中誠《たなかまこと》と佐藤和夫《さとうかずお》。その人物を知ってるか」

「いいえ。便宜上、個人名になると聞いていました」

胴元の発想は昔から変わらない。バブル期に雨後の筍《たけのこ》のように出現したカジノバーもおなじ手を使っていた。ただし、銀行経由の相手は大口の顧客で、大半の客はチップの預かり証を持ち、カジノ近くの喫茶店や路地裏で換金していたという。

「いいだろう。つぎの質問に移る。紹介者の名前は」

「それは……」坂本が口ごもる。「言わなければだめですか」

「あたりまえだ」

坂本がため息をつく。身体が縮んだ。

「あんた、きれいな身になりたいんじゃないのか」

「えっ、ええ。ぼくが話したことは……」

「もちろん、内緒にする」

坂本の目が泳いだ。思案している。どうせ喋る。

小栗は煙草をふかし、待った。

「ニシキヤマ、レナさんです」

か細い声だった。

小栗はデスクに用意したメモ用紙とボールペンを指さした。

「書きなさい」

坂本がペンを持った。錦山怜奈。ちいさな文字で書いた。

「歳は」

ボールペンを受け取り、メモ用紙を手前に引いた。

「三十代半ばだと思います」

「職業は」

坂本の表情が強張《こわば》った。

「これまでの協力がパアになるぞ」

声と目で威《おど》した。

「ブライト・ライフという会社の代表です」

「なんの業種だ」

「ネットビジネスのマネージメントと聞きました」

「コンサルタントのようなものか」

「ちょっと違うと思います。企業の依頼を受けて、市場や顧客をひろげる仕事です」

ぴんときた。それが声になる。

「マルチ商法か」

「違います」坂本が声を強めた。「彼女に依頼する企業はまともで、マルチや詐欺とはいっさい関係ありません」

「むきになるな。手法の話だ」

「だから、マルチ商法ではないと……」

「わかった」手でも制した。「錦山とあんたの関係は」

「知人です」

「いつ、どこで知り合った」

坂本が眉をひそめた。表情がころころ変わる。狼狽《ろうばい》が見てとれた。

「ことしの初め、合コンで……正確には、合コンのあとに行ったクラブで……そこに錦山さんがいて、合コンの幹事に紹介されました」

　途切れ途切れに言った。

「それで」

「四、五日経って連絡があり、青山の喫茶店で会いました」

「ケータイの番号を教えたのか」

「ええ。彼女から名刺をいただいたときに連絡先を訊かれたので」

「印象は」

「えっ」

「第一印象だよ。いい女だったとか」

「そりゃもう……まわりが華やかになるような、めだつ存在でした」

「ん」頭に映像がうかんだ。「どこのクラブだ」

「六本木のGスポットです。錦山さんは常連客のようでした」

　小栗は腕を組んだ。まさかの登場人物である。が、そんな予感もかすかにあった。予感や予断が現実になったのは幾度か体験している。

　頭をふって、腕を解く。坂本を見据えた。

「喫茶店ではどんな話をした」

「彼女の仕事の話を……」また声が弱くなった。「有能な女性で、おどろきました」

小栗は息をついた。ようやく疑念が解けた。

「ところで、あんたはサラ金からカネを借りている。八十万円を。定期預金を担保に銀行から百万円の借入もある。どちらも、三月のことだ」

「そんなことまで調べたのですか。個人情報保護法に……」

「抵触しない」きっぱりと言う。「合法的な捜査として認められている」

「……」

坂本の瞳が固まった。身体がゆれだした。

かまわず続ける。

「何に使った。カジノじゃない。金額の桁が違う」

「プライベートなことです」

「ギャンブルでないのは認めるか」

「はい」

「借入のことを、奥さんは知ってるのか」

「はい。隠していたのですが、ばれました」

「では、奥さんに訊く」

「待ってください」坂本が腰をうかした。「こまります」

「どうして。奥さんにうそをついたのか」

坂本がうなだれた。

「もう一度、訊ねる。借りたカネは何に使った」

「出資しました」

「錦山の会社にか」

「彼女に勧められた企業です。ネット事業を展開する、将来有望な企業です」

「出資のさいの契約書は持っているな」

「もちろんです」

それを見せなさい。言いかけて、やめた。賭博事案とは乖離《かいり》している。

「出資話とフラミンゴの紹介、どちらが先だった」

「フラミンゴです。趣味を訊かれたときに、カジノがおもしろいと……マカオで一度遊んだことしかないのですが。それで、紹介してもらいました。初めてフラミンゴで遊んだ夜に、お礼を兼ねて、彼女を食事に誘いました」

「どこへ」

「焼肉でもと思ったのですが、いいお店があると彼女に言われて、麻布にある創作料理の店に連れて行かれました」

「高かっただろう」

「ええ」坂本が苦笑した。「ごちそうすると言われたけれど、カードで支払いました」

「そりゃそうだ」おどけて言う。「男には譲れない見栄がある」

坂本の背筋が伸びた。

小栗は両肘をデスクにのせた。

「そのとき、出資話を持ちかけられた」

「持ちかけられたのではありません。企業と出資者や投資家をつなぐ仕事をしていると……興味が湧いたので参加したいと、ぼくのほうから頼みました」

その気にさせ、自分は善意の第三者になる。プロの詐欺師の手口だ。

それを言うのもはばかられる。

「錦山の会社の所在地と電話番号を教えなさい」

「彼女に迷惑をかけたくありません」

「ブライト・ライフを調べればわかる。手間をかけさせるな」

坂本が顔をしかめたあと、ボールペンを持った。書きおえて、口をひらく。

「彼女に会うのですか」

「電話で済ませるかもしれん。単なる事実確認だ」

「そうしていただければ、助かります」

「直近では、いつ会った」

「ゴールデンウィークの半ばに」

「二人で」

「はい」

「錦山は独身か」

「そうです」

坂本の声がはずんだ。

「で、二人はそういう仲になった」

坂本が目を見開いた。頬に赤みがさした。

「だといいのですが……そのときは、ぼくが出資した企業は増資を検討するほど業績がよくて、出資のお礼だと、ごちそうしてもらいました」

「よかったな」

笑顔をつくった。造作もない。自分は天性の詐欺師ではないかと思うときもある。

「ありがとうございます。いまの話、くれぐれも女房には内緒で……お願いします」

坂本が頭をたれた。

「よけいなことは喋らん。警察官の常識だ」

小栗は、坂本のつむじを見ながら言った。

坂本と一緒にエレベーターに乗り、一階に降りた。玄関を出る。

「ご協力に感謝します」

小栗は丁寧に言った。署の者とすれ違ったからだ。

「こちらこそ。心配のタネが消えました」

坂本の表情がやわらいでいる。

小栗は『フラミンゴ』のＩＣカードを返した。

「これから行くか」

「まさか……」

「晴れて自由の身になったんだ。やりたいことを我慢すればフラストレーションが溜《た》まるぞ。心配するな。協力者に手錠は打たん」

「……」

坂本の目が光った。その気になったのか、真意をさぐっているのか。

「いきなり縁を切れば、なにかのとき、あんたに疑惑の目がむく」

「なにかとはなんですか」

「フラミンゴが摘発されれば、密告者をさがす者もあらわれる」

「威《おど》さないでください」

「むりには勧めんが、中の様子を見て、気づいたことがあれば教えろ」

坂本の肩をぽんと叩き、小栗は踵《きびす》を返した。

週明けの月曜日、小栗は東京メトロと都営浅草線を乗り継ぎ、戸越駅で下車した。空は青い。暑くなりそうだ。ジャケットを肩にひっかけ、戸越銀座を歩いた。午前十時を過ぎた。主婦らは自宅で寛《くつろ》ぐ時間帯なのか、人通りはすくなかった。

路地を折れ、住宅街に入る。二階建てアパートの前で足を止めた。メールボックスの二〇一に〈坂本〉の名がある。

外階段をのぼり、インターホンを押した。電話で夫が出勤したのは確認済みだ。

ドアが開き、女が顔を覗かせた。坂本優子の顔つきは先日とおなじだった。

「どうぞ」

優子が小声で言い、左右を見た。周囲の目と耳を気にしたのだ。

六畳ほどか。フローリングの床半分にカーペットが敷かれ、そこに座卓がある。

小栗は胡坐をかき、室内を見渡した。子どもはいないのか、こぎれいにしている。隣室のドアが半開きだった。二つの部屋を風が渡っている。

優子がグラスを運んで来て、小栗の正面に座った。

「烏龍茶《ウーロンちゃ》ですが」

「お気遣いなく」

「それで」優子が座卓に両肘をついた。「フラミンゴをつぶしたのですか」

「そう簡単には行きません。捜査中です」

「フラミンゴが客にインカジをやらせているのは事実だったでしょう」

「捜査中としか言えません」

優子の頬がふくらんだ。

「もどかしいでしょうが、捜査とはそんなものです。とくに賭博容疑は現行犯逮捕が基本なので、確かな証拠が必要です」

「証拠なら……」

優子が声を切った。夫に累が及ぶのに気づいたのだ。

「本日はお願いがあって来ました」

「なんでしょう」

優子の表情がくもった。

「その前にお訊ねします。警察に相談したことを、ご主人に話しましたか」

「いいえ」

「どうして」

「叱られます。夫は包み隠さず借金の話をしたのに……二度とフラミンゴには行かないと約束したのに……俺を信じられないのかって怒られます」

「後悔してるのですか」

「うしろめたい気分です」

「ご主人を思ってのことです」

小栗はなだめるように言った。余裕がめばえている。これまでのやりとりで、坂本英紀も自分が警察に訊問されたことを妻に話していないと確信できた。

「ところで、このことをご主人以外の誰かに話しましたか」

「まさか」優子が目をまるくした。「恥をさらすようなまねはしません」

「わかりました」

小栗は烏龍茶を飲んだ。煙草で間を空けたい気分だ。

「お願いというのは、いまの質問に関係がありまして……警察が動いていることをご主人に話さないでほしいのです。もちろん、ほかの誰にも。こちらの動きが相手に洩れると捜査はむずかしくなる」

「それでもかまいません」

「はあ」

「警察の動きを知れば、フラミンゴは店を閉めるでしょう」

「そう簡単にはいかない。責任者の首をすげ替え、店名を変えて営業する。場所を移してやる連中もいる」

「そんな……警察は、犯罪者の好き勝手にやらせるのですか」

「先ほども言いましたが、賭博罪は現行犯逮捕が基本です。あなたは、ご主人がフラミンゴに行かないことだけを望んでいる。ご主人も二度と行かないと約束した。が、あなたは不安を拭えず、麻布署を訪ねた……そうでしょう」

優子がちいさく頷いた。

小栗は畳みかけた。

「ご主人が微妙な立場にあるのはわかりますね」

「ええ。でも、わたしがフラミンゴのことを教えたのですよ」不満そうに言う。「夫を逮捕してもらうためではありません」

「法は法です。もちろん、ご主人に配慮はしますが」

小栗は首をまわした。疲れる。ますます煙草がほしくなった。

「話を戻します。誰にも話さないと約束してください」

「わかりました」

「もうひとつ、お願いがあります。ご主人に気になる動きがあれば連絡ください」

「スパイになれと……夫を裏切れと言うのですか」

あなたが蒔《ま》いた種です。言いそうになった。

「ご主人を護るためです。ご主人が二度と行かないと決意しても、フラミンゴがしばらく姿を見せない客をほうっておくとは思えない。そういう連中なんです。電話かメールでしつこく誘ってくる」

「許せない」

優子が吐き捨てるように言った。

「協力してくれますね」

優子が頷く。

「その代わり、絶対にフラミンゴをつぶしてください」

「最善を尽くします」

さらりと言った。警察官の常套句《じょうとうく》だ。言質を取られる言葉は使わない。

私物の携帯電話の番号を教え、小栗は腰をあげた。


六本木駅の上の喫茶店に入った。右側のフロアは喫煙室だ。

中央の楕円形《だえんけい》のテーブルに座る五人は皆、ノートパソコンを開いている。仕事熱心なのか。ひまつぶしなのか。見慣れた光景になった。

福西は窓際の席で、顔をそとにむけていた。

「遅れて、すまん」

言って、小栗は腰をおろし、アイスコーヒーを注文した。咽が渇いた。

帰りは乗継の駅で乗り違えた。よくやる。方向音痴というわけではない。風景で方向を覚える癖が身について、知らない場所に立つと感覚がずれてしまう。

煙草を喫いつけてから、話しかけた。

「南島は使えそうか」

「張り切っています。先輩の役に立ちたいと……先輩を好きな人もいるんですね」

「ふん」

「赴任してすぐに、先輩が上官に咬《か》みつくのを見たそうです」

「そんなことで……ろくな刑事にならん」

「自分もおなじことを言っておきました」

「うるさい」煙草をふかした。「動き、なしか」

福西の顔を見るのは二日ぶりだ。土曜の昼から電話でも話していない。捜査に進展があれば連絡をよこす。そう思うので自分からは電話をかけなかった。

「気になる動きはありません」福西が手帳を開いた。「土曜は……あのあと姿を見せたのは午後十一時過ぎで、ひとりでラーメン屋に寄ったあと、歩いて自宅に帰りました」

「近いのか」

「麻布十番です。署で許可申請の書類を見て、不動産屋にも確認しました。去年の十月から１ＬＫのマンションに住んでいます」

「同居人は」

「賃貸契約書は単身になっています。土日の、武蔵が自宅にいる間に部屋を訪ねて来た者はなく、武蔵がでかけるときもひとりでした」

「徹夜で監視したのか」

「南島の車に乗って、交替で見張りました」

「あいつ、車を持ってるのか」

「4WD……やくざが好きな車です。実家は代々の地主だそうで……」

「もういい」さえぎり、ストローでアイスコーヒーを飲んだ。「フラミンゴだが、客の出入りはどうだ」

「土日で十三人。そのうち四人が徹夜でした」

先々週の土日とほぼおなじ数字だ。武蔵は小栗の訪問を警戒しなかったのか。経営者の判断か。捜査の手が伸びていると察知しても、そのまま営業を続けることがある。短期間の荒稼ぎと割り切る輩《やから》で、客をカネとしか思っていない。逆に、賭博を生業《なりわい》にする連中は客を護る。細く、長く。それを信条としているからだ。

「徹夜の四人をふくめ、八人の写真を撮りました。この二週間でフラミンゴに二回以上出入りした者は七人です」

写真を照合したが、これまで犯歴データに該当者はいなかった。

「社長はあらわれたか」

「いいえ」

ネットカフェ『フラミンゴ』は『永澤《ながさわ》企画』という会社が経営し、社長の永澤祐一郎《ゆういちろう》以下、社員は四人いる。

永澤に犯歴はないが、経歴不詳で、『永澤企画』設立の原資も判明していない。『永澤企画』と永澤個人の銀行口座を精査したが、それらしいカネの動きはなかった。

雇われ社長と思われる。賭博にかぎらず、違法な、あるいは、警察に目をつけられそうな店舗を構える者は、例外なく身代わりの社長を立てる。雇われ社長は逮捕、起訴されるのを覚悟の上で引き受ける。当然、それに見合う報酬を得てのことだ。

「永澤社長と武蔵店長のケータイ履歴を調べましょう」

福西が言った。

「番号がわからん。二人とも裏モノを使っているはずだ」

賭博や薬物、詐欺などの違法行為で使われるのは〈飛ばしケータイ〉や〈レンタルケータイ〉と称する携帯電話だ。その大半はガラパゴスケータイ、略称ガラケーである。

「土曜日に武蔵が持っていたのは」

「あれは永澤企画の名義だった。発着信履歴の照会申請をだしたが、期待できん。陰のオーナーどころか、永澤との連絡にも使ってないだろう」

「このままでは……」

福西が語尾を沈めた。表情がくもった。組織犯罪対策課との連携が頭にちらついているのだ。それでも気を取り直すように背筋を伸ばした。

「先輩のほうは……被疑者は協力者になったのですか」

「やらせた」

福西が肩をすぼめた。

小栗は、あたらしい煙草に火をつけてから、話を続けた。

「おまえの好みの女……つながったぞ」

「レナさんですか」

福西の反応は早かった。目が生き返ったように見える。女への興味のせいでないのはわかった。捜査の突破口となる情報に飢えているのだ。

「本名は錦山怜奈、三十四歳。ブライト・ライフという会社の代表だ」

「なんの会社ですか」

「ネットビジネスのマネージメント……ネットで検索しろ。俺も見たが、カタカナばかりでちんぷんかんぷんだった」

福西が目で笑う。手帳に『ブライト・ライフ』、錦山怜奈と書いて、顔をあげる。

「この人がフラミンゴにどうつながったのですか」

「坂本は、錦山に紹介されたそうだ」

「彼女がフラミンゴに出入りするのは目撃していませんよ。もっとも、先週の土曜日まではつきっきりではなかったけど……ビルの防犯カメラで確認します」

「まだ早い」

ビルの管理会社に防犯カメラの映像の提出を求めるには書類上の手続きが要る。四係の動きがつかめない段階でそれをするのはためらいがある。

小栗は言葉をたした。

「フラミンゴの客とはかぎらん」

「経営者に近い人物だと」

「その可能性はある。とりあえず、錦山の身辺をさぐる。坂本を使う手もある」

「坂本と錦山さんはどういう関係ですか」

「かなり熱をあげているようだ」

小栗は、坂本とのやりとりをかいつまんで話した。

「それって……」福西の目が光った。「マルチ商法かもしれません」

「俺もそう思う。で、おまえはフラミンゴの監視を続けながら、ブライト・ライフと錦山に関する情報を集めろ。錦山はネット業界では有名らしい」

「雑魚から鯛《たい》へ……光が見えてきましたね」

「勘違いするな。マルチ商法には興味ない。標的はフラミンゴ……錦山の身辺にフラミンゴの関係者がいないとわかれば対象者からはずす」

「もったいない」

本音のように聞えた。

「きれいな女じゃなくて、ただの女好きだな」

「そうなったのかもしれません。先輩とべったりで……機会がなくなりました」

「いやなら離れろ。俺は引き留めん」

「運よく彼女ができたら考えます」福西が腕の時計を見た。「そろそろ行きます。南島は昼飯を食べていません」

「あまやかすな。一食ぬいても死にはせん」

「いまどき、そんな考えは通用しません。食べる。寝る。デートする。それを邪魔すれば虐待……パワハラで訴えられます」

「ばかばかしい。始末書くらい、まとめて書いてやる」

そんなことにはならない。警察は縦社会だ。組織防衛にはなみはずれた力を発揮する。警察内のパワーハラスメントやいじめは日常的に行なわれ、それがあかるみにでることもあるけれど、結局、内部調査はうやむやになり、やがて闇に葬られる。しっぺ返しをおそれるマスコミは警察の不正、不条理に目をつむる。

福西と別れ、外苑東通を青山一丁目方面へ歩いた。赤坂郵便局を過ぎて左折する。オフィスビルとマンションが建ちならぶあたりで足を止めた。名刺で所在地を確認してオフィスビルに入り、エントランスのメールボックスを見た。

訪問先の『ゴールドウェブ』は七階にあった。坂本の自宅を出て、戸越駅にむかう途中で『ゴールドウェブ』に電話をかけ、面談のアポイントは取った。

気まぐれなどではない。『ゴールドウェブ』はソーシャルメディアの成長企業で、インターネット事業の企画開発、コンサルタント業務を手がけているとわかった。そんな会社の社長がどうして半グレ連中を使い、やくざを痛めつけたのか。興味をそそられ、石井聡の個人情報を調べた。

近々に会ってみるか。そう思っていたところの、坂本英紀の供述である。錦山が親切で『フラミンゴ』を紹介したとは思えない。錦山が『フラミンゴ』の客であれば、初回くらいは同行するだろう。腑《ふ》におちないことはほかにもある。

――星の中よ――

――お望みのものを……なんでもあるわよ――

六本木のクラブ『Gスポット』で、錦山はそう言った。宇宙を飛ぶのは大麻やMDMAなど、向精神薬に属するドラッグで、主に幻覚を引きおこす。神経が研ぎ澄まされる覚醒剤とは異なり、博奕にはむかないといわれている。錦山が『フラミンゴ』の客でないのなら、『フラミンゴ』との接点が気になる。

石井に会う。取調室でそう決めた。おなじネット業界にいるから石井と錦山の関係は気になるけれど、二人に接点があれば臨機応変に対応する。石井は訪問の意図を知らない。電話で申し入れた面談には二つ返事で応じたのだった。

七階フロアには五つの企業や事務所が入居していた。

右手奥の、『ゴールドウェブ』のドアを開けた。

「いらっしゃいませ」

あかるい声がした。それも複数だ。

小栗は目を白黒させた。

五人の女が笑顔をむけている。皆、二十代か。全員がベージュのブラウスに深紅のベストを着ている。

ひとりが立ちあがり、近づいてきた。

「どちら様でしょう」

「小栗です」

「麻布署の小栗様ですね」にこりとした。「どうぞ、こちらへ」

小栗は胸のネームプレートを見た。三谷明日香《みたにあすか》とある。フルネームはめずらしい。余裕を取り戻し、応接室にむかいながら物見した。

五十平米ほどか。中央に七つのデスクがくっついている。デスクの上はデスクトップのパソコンしか目につかなかった。壁にはスケジュールボードも飾り物もない。シンプルすぎて、初めての訪問者にはなんの会社かわからないだろう。

三谷がドアをノックした。

「小栗様がお見えになりました」

石井は応接室のソファの背に片腕を乗せていた。

小栗は石井の正面に腰をおろした。座り心地がいい。やさしく受け止められたような感覚だ。室内を眺めた。ブラウンを基調にした内装で、上品な趣がある。

「もうクビになったのですか」

石井が言った。目が笑っている。姿勢は変わらない。グレーのスーツに、スリムタイを締めている。ブラウンの地に淡いピンクの模様が目を惹《ひ》いた。

「教えていただきたいことがありまして」丁寧に言う。「しかし、おどろきました。チンピラのまねをしていたあなたが、名の知られた企業人だったとは」

「わたしのことを調べられた」

「ひまなもので」

石井はネット業界の有名人だった。数多くの誌紙に寄稿している。

「前科二犯のワルがまともな会社の社長になって、おどろいたでしょう」

石井は傷害と恐喝の罪状で起訴され、いずれも執行猶予がついていた。二十代前半のことで、七年前の、石井が三十四歳のときに猶予期間をおえている。

三谷がティーカップを運んできた。

石井が腕を動かし、姿勢を正した。

「カモミールです。リラックスできますよ」

言って、石井がカップを持った。

「いいですか」小栗はテーブルの灰皿を指さした。「自分には煙草のほうが」

石井が頷くのを見て、煙草を喫いつける。ふかしたあと、話しかけた。

「うらやましい。美女たちに囲まれて」

「それが狙いです」石井がにんまりした。「この会社はわたしひとりで稼いでいる。社員はアシスタント……それなら、むさくるしい男どもより、花のあるほうがいい」

「先日の男たちは」

「ご存知でしょう。わたしは半グレ連中を率いていた。もっとも、そのころ半グレという言葉はなかったが……あのころがあるから、いまの自分がある」

石井が真顔で言った。

なぜ金竜会の組員を暴行したのか。興味はあるが、訊く気が失《う》せた。カップを持った。

薬草のような匂いがする。いやではない。ひと口飲んで、石井を見据えた。

「ブライト・ライフという会社をご存知ですか」

「ええ。あの会社がなにか問題でも」

もの言いは変わらない。表情もおだやかなままだ。

質問は無視した。

「なにをしている会社ですか」

「ネットにでている情報ではものたりない……なにを知りたいのですか」

「業務内容です」

石井が首をかしげた。

小栗は間を空けなかった。

「主な業務に、マネージメントとありますが、どういうことをするのですか」

「ひと言で言えば、人と人、人と企業の仲介ですね。そのためのプランニングは必要だが……ブライト・ライフはプラン作りの人材が揃《そろ》っているとの評判です」

「業績は」

「良好のようです。くわしくは知りません。うちの顧客ではないからね」

「コンサルタントとマネージメント……素人にはおなじ業種に思える」

「まったく異なる。うちはネット企業の経営にかかわること……ひろく言えば、業界全体について提言する。ブライト・ライフは現場、つまり、営業面だ。どうすれば商品が売れるか、市場を拡大できるか……そういう提案をしている」

滑らかな口調だった。言葉の端々にゆるぎない自信を感じた。

石井が言葉をたした。

「うちは契約先の企業を相手にし、むこうはいろんな企業にプランを持ち込む」

「なるほど」

小栗は一服してから、煙草を消した。

「もういいのですか」

誘うようなもの言いだった。

小栗は後頭部に手のひらをあてた。迷ったときの癖だ。

「ご心配なく」石井が言う。「刑事さんとのやりとりを他言すれば信用をなくす」

目でも誘っている。

迷いは捨てた。誘いには乗る。

「代表の、錦山さんはどういう方ですか」

「手腕ですか、性格ですか……それとも、素行でしょうか」

「すべてと言っておきます。特定して勘ぐられるのはこまる」

「慎重なんだな」石井がくだけた口調で言う。「いや、失礼した。わたしの目もたいしたことはない」

「それはこっちの台詞です。人は見かけによらないことを、改めて知りました」

石井が声を立てて笑った。

小栗もつられた。会話が進むうちに愉快になっている。

「じつは、ある場所で会い、いい女だったので、つい声をかけた」

「そうしたくなる人です」

「あなたも」

「わたしはパーティーとかで顔を合わせれば言葉を交わす程度です」

「もったいない」

「どんなにいい女でも業界の人はね……情を絡めればろくなことにならない」

本音なのか、建前なのか。ふと思い、気づいた。石井は素顔を見せていない。さぐりを入れてみたくなった。

「飛んでる女だった」

「えっ」

「本人が、星の中にいると」

小栗は石井を見つめた。

「なるほど。あなたは薬物担当……そういうことか」

「ご想像にまかせます」

「それで、飛んでる女とはどうなりました」

「邪魔が入って、置いてけ堀を喰った」

いつもの口調になった。丁寧な会話は疲れる。

石井が時計を見た。

「そろそろでかける時間です。またの機会を設けましょうか」

「ありがたい」

「週末あたり、いかがですか」

「いつでも」

「では、金曜の昼に電話します」

小栗は自分の名刺に電話番号を書いた。私物のほうだ。

ドアをノックする音がし、三谷が顔を覗かせた。

「社長、お時間です」

石井が立ちあがる。

小栗も腰をあげた。

「お好きな料理は」

石井が訊いた。

「酒があれば……料理と女には注文をつけたことがない」

「たのしい食事になりそうだ」

石井が目元を弛めた。

つぎは地で話せる。そんな気がした。

南島は六本木『アマンド』の前に立っていた。ベージュのチノパンツにスニーカー。白いポロシャツに、紺色のジャンパーを着ていた。

警察官には見えない。刑事の顔つきになるには時間がかかりそうだ。

南島を連れ、雑居ビル地下の居酒屋に入った。午後六時を過ぎ、客席は七分ほど埋まっていた。右側のテーブル席に座る。そこから反対側の壁の品書が見える。

「福西さんに申し訳ないです」

南島が言った。顔はうれしそうだ。

「それなら、フクと交替しろ」

ぶっきらぼうに言い、小栗は煙草に火をつけた。

「そうはいきません。五度目で実現したのです」

「ん」

「署で誘われました」

「回数まで憶えていたのか」

「はい。記憶力には自信があります」

「博奕好きか」

「えっ。記憶力と博奕……どういう関係があるのですか」

「記憶力と集中力が博奕打ちの財産だと、常習賭博のクズが自慢そうにほざいた」

「へえ。自分はむいてるかもしれません。集中力も自信があります」

「あ、そう」面倒くさくなった。「とっとと頼め」

若い女の店員が注文を取りにきた。まるい顔をしている。アルバイトの学生だ。

「元気か」

「はい」甲高い声だ。笑うと深いえくぼができる。「生ですか」

「きょうは瓶にする。ジャコ天と冷奴、串の盛り合わせも」南島にも声をかける。「遠慮するな。好きなのを食え」

品書を見ながら、南島が四品を頼んだ。

店員が瓶ビールとグラス二つ、突出しの小鉢を運んできた。

小栗は瓶を手にした。

「自分はけっこうです」南島が言う。「十一時に福西さんと交替します」

「それがどうした。二日酔いで殺人現場に臨場するやつもいるぞ」

「ください」

南島がグラスを手にした。注いでやると、ひと口でグラス半分を空けた。

「行ける口か」

「二日酔いは経験していません」

小栗は目を細めた。酒を飲めないやつは信用できない。本音を隠している気がする。食の細い野郎は端から相手にしない。

ビールを飲み、煙草をふかした。

「おまえ、優秀らしいな。二年後には俺の上司になると言われた」

「なります」南島が臆面もなく言った。「一発で昇任する予定です。小栗さんを顎で使うの……爽快な気分になるでしょうね」

「なるか。神経がぼろぼろになって、胃潰瘍になるのがオチだ」

「そうならないよう、今回で免疫をつけておきます」

減らず口を叩く。が、いやな気分にはならない。小松菜の胡麻和《ごまあ》えをつまんだ。

「希望は……本庁一課か」

「あのバッジは一度くらいつけてみたいけど、希望の部署ではないです」

警視庁捜査一課の者は、赤地に金文字の〈S1S〉のバッジをつける。選ばれし捜査第一課員という意味だ。花形部署で、ノンキャリアの牙城でもある。しかし、警察組織のエリート軍団というわけではない。出世街道は一に警備、二に警務、三四はない。ノンキャリアがめざすてっぺんは捜査第一課長といわれるゆえんだ。

「警備か」

「高望みはしません。警務です。できれば人事に」

「変わったやつだな。嫌われ者になりたいのか」

「好かれるかもしれませんよ」

南島が顔をほころばせた。さらに童顔になった。

料理がならんだ。

小栗は串を手にし、一味唐辛子をかけた。鶏の皮は熱いうちに食べる。

南島も下をむいた。左手に串を、右手で箸を持つ。

大食漢は歓迎だが、なんともせわしない。

「酒二本。常温で」

店員に言って、南島に話しかけた。

「もしかして、監察官室に入りたいわけじゃないだろうな」

「いけませんか」南島が顔を近づける。「小栗さんをどうしましょう」

「ん」

「冗談です。警察の都合に合わせて仲間を懲罰する部署には興味ありません」

「はっきり言え。なにをしたい」

「有能な人材を発掘し、あとは適材適所です。縦社会の弊害をなくします」

「ご立派なことで」

届いた徳利をかざした。南島がぐい呑《の》みを手にする。

「まずは小栗巡査長の昇進です」

南島がぐい呑みを空けた。

あきれてものが言えない。左腕で頬杖をつき、手酌酒をあおる。

南島はせっせと口を動かした。

料理が半分ほど片づいたところで、口をひらいた。

「店長の家はどこだ」

ここの客は他人の話に耳を傾けないだろうが、個人名は伏せる。

「麻布十番です。広場の近くのマンション……三〇一号室に住んでいます」

「自分の車で見張ってるそうだな」

「仮眠用です。広場をはさんで、玄関のドアが見えるマンションがあって……自分は部屋の灯が消えるまで、そのマンションの外階段から見張っています」

「福西も」

「どうでしょう。交替すると、自分は毛布をかぶって寝ますから。いつでも、どこでも……電車の吊革にぶらさがって寝るの、得意なんです」

「訊いてない」

語気を強めた。あたらしい煙草をくわえる。

しかし、南島にめげる気配はない。

「あそこを挙げられそうですか」

南島が小声で言った。

「おまえらの奮闘次第だ」

「福西さんは、小栗さんならなんとかすると」

「いまのところ、むだの連続だ」

「信じません」南島がきっぱりと言う。「福西さんは信じています」

「歯のうくような台詞は女を口説くときだけにしろ」

「その必要はありません」

「いるのか」

「巡査部長になって、希望の部署に配属されてからと決めています」

「それまでは風俗の世話になるのか」

「なっています。風俗なら好みの子でも口説けない」

警察内規を気にしているのだ。伴侶も人事に影響する。

「なにかと、不自由だな」

小栗は視線をそらし、煙草をふかした。

このあと酒場に連れて行く。予定を変えることはなさそうだ。

★　★

あちらこちらで笑顔がはじける。

百平米ほどのフロアに四、五十人はいる。大半は出版社の文芸編集者だという。

山田《やまだ》一也《かずや》は眉をひそめた。ひとりが去って、別の男が近づいてくる。

「あら、杉村《すぎむら》さん。ご無沙汰でした」

となりに座る瀬戸《せと》美波《みなみ》があかるく言った。

「ここ」男がむかいの席を指さした。「よろしいですか」

丁寧だが、なれなれしい声音だ。

この一時間あまり、似たような男を何人も見た。三十分前までは帝国ホテル二階の宴会場にいた。ある文芸賞の授賞式だった。そのあと銀座に移動し、いまはダイニングパブで二次会が行なわれている。

「紹介してください」

男が美波に言った。

「山田さん。本庁捜査一課の方よ」美波が山田に顔をむける。「こちらは秀文社の杉村さん。デビューのときからお世話になってるの」

「はじめまして。杉村と申します」

杉村が名刺を手にした。

「非番なもので申し訳ない。山田です」

自分の名刺はださずに、杉村のそれを受け取る。

杉村がにやりとした。神経にふれた。その表情も記憶にある。こなければよかった。後悔はあるが、席を立とうとは思わない。美波に会うのはひと月ぶりだ。

——帝国ホテルの二階に来て。秀文社のパーティーがあるの——

電話で言われ、承諾した。理由はともかく、美波に押し切られるのは常だ。

「見た感じはそっくりですね」

杉村のひと言に、美波が笑った。

「よく言われる。意識したわけやないねんけど」

くだけた雰囲気になると関西弁がでる。山田と二人のときはまるだしだ。兵庫県尼崎市に生まれ育ち、関西の新聞社に入社した。二十八歳のときに応募した作品で新人賞を獲った。翌年に新聞社を辞めて上京し、執筆活動を始めたという。

美波はミステリー小説を書いている。最新作はオレオレ詐欺を素材にした警察小説で、警視庁捜査一課の捜査員が主人公だった。山田はざっと読んだ。小説を読む習慣はない。警察小説に親近感は覚えない。警察内情がわかってないと決めつけている。だが、あなたのことを書いた、と言われ、目をとおした。警察小説への印象は変わらなかった。自分のこともわかっているのか、不安にもなった。

「どうです、山田さん」杉村が顔を近づける。「内幕ものを書きませんか」

「何作もでてるやない」

美波が言った。

杉村が手のひらをふった。

「引退した人ばかりです。それに、古巣に遠慮して、読者が興味をそそられそうな部分はぼかしている。現役の刑事さんがリアルに描けば……」

「クビになります」

山田は声を強めてさえぎった。その話はパーティー会場でも持ちかけられた。

「そうね」美波が口をはさむ。「まだ現役でいてほしいもん」

かちんときた。そんなつもりか。杉村がいなければ、そう言ったかもしれない。

「瀬戸さん。うちの新作も期待しています」

杉村が腰をあげた。

「出よう」

山田は美波の耳元でささやいた。

「二人になりたいの」

美波の瞳が端に寄った。

「ひさしぶりなんだ」

「そうやね。けど、待って。挨拶を頼まれてん。それが済んだら出る」

山田はため息をつき、水割りをあおるように飲んだ。

前方にパトカーの赤色灯が見える。四、五両か。鑑識課の車両も到着していた。

「パトカーのすこし手前で」

運転手に声をかけ、山田はネクタイを締め直した。非番の日にネクタイを着用することはない。が、パーティーと言われてスーツを着たのだった。

料金を支払い、領収書をもらってタクシーを降りた。

閑静な住宅街だ。なだらかな坂の左右には敷地のひろい屋敷とマンションが建ちならんでいる。元麻布には初めて臨場した。聞き込み捜査で来た憶えもない。

左側の、二棟のマンションの間に青いシートが張ってある。

山田は、制服警察官に警察手帳を示し、黄色のテープを跨《また》いだ。

シートの中に入る前に声をかけられた。

「早かったな。どこにいた」

上司の内川《うちかわ》が言った。警視庁捜査一課強行犯五係の係長だ。格子柄のジャケットに、いつものハンチングを被っている。五十四歳になる。山田が入庁した年に捜査一課に配属されたと聞いた。十年前のことだ。

「友だちと飲んでいました」

自棄酒《やけざけ》だった。美波と帰りかけたとき編集者の杉村に誘われた。山田は目で怒ったけれど、恩義があるからと言われ、渋々つき合った。

代々木四丁目にある美波のマンションで服を脱いでいるところに携帯電話が鳴った。午前〇時十八分だった。美波は浴室にいた。声もかけずに部屋を出た。

「それなら持ってないだろう」

内川が白い手袋を差しだした。

「助かります」受け取った手袋を装着した。「被害者は」

「まだ中にいる。いい女も、死ねば徒花《あだばな》だな」

内川がつぶやき、眉をひそめた。

「殺人《ころし》ですか」

「ああ。とにかく、見ろ。俺は管理官を待つ」

捜査本部が設置されるということだ。捜査本部は犯行現場を所管する署に設置される。

よほどの重要事案でないかぎり、所轄署の署長が本部長に就き、本庁捜査一課の管理官が実質的な指揮を執る。

山田は、植え込みのうしろにまわり、シートの隙間を割って入った。

五係の同僚が三人いた。残る二人は未到着か。同僚に目で合図し、腰をかがめた。死体に手を合わせ、黙禱《もくとう》を捧げる。

女があおむけになっている。紺色のTシャツに白いチノパンツ。黄色のパーカーはファスナーがはずれ、めくれていた。

Tシャツは血に濡《ぬ》れ、心臓の周りの出血がひどい。凶器はナイフか。地面にも血がひろがっていた。被害者の肩と腰を持ちあげた。背中にも刺し傷がある。肝臓のうしろあたりだ。元の姿勢に戻し、顔を見た。

顔がゆがんでいる。が、美人なのはわかった。三十代半ばか。咽元が変色している。顎にふれた。圧迫痕だ。首の左右とうしろには絞めた痕跡がなかった。

「いいですか」

鑑識課の者に言われ、腰をあげた。

同僚とそとに出た。

「見合いをしていたのか」古屋《ふるや》が小声で言う。「非番にスーツを着て」

「合コンだろう。刑事と見合いするもの好きはいない」

中島《なかじま》が言った。

山田は言い返さなかった。古屋と中島は警部補だ。相性も良くない。もうひとりの警部補、いつもコンビを組む城戸《きど》の姿が見えない。

先週金曜日まで、強行犯五係は練馬署に出動していた。女性介護士殺人事件はストーカーによる凶行で、犯人は介護訪問先の老婆の孫だった。

桜田門に戻り、交替で休みを取っているさなかの、今回の事件である。

「集まれ」

内川のひと声で、二十人ほどが輪になった。見知らぬ顔がほとんどだ。

これから現場周辺の聞き込み捜査が始まる。所轄署での会議は翌朝か。それを受けて捜査本部が設置され、第一回捜査会議はあすの夕刻以降に開かれるだろう。初動捜査の成果がその後の展開を左右することになる。


午前四時半、山田は南阿佐ケ谷の自宅に帰った。タクシー代は自費になる。が、地下鉄の始発を待てばシャワーを浴びる時間がなくなる。

聞き込み捜査の成果を持ち寄っての、麻布署での会議は午前七時からと決まった。

鍵を挿し、玄関の格子戸を開ける。音がした。建て付けが悪い。築三十五年になる。

高校教師だった父が教職員組合の融資を受けて、二十三坪の建売住宅を購入した。父は十年前に肝臓がんで他界し、母と二人で暮らしている。兄弟はいない。

キッチンに入り、コンロに薬缶をのせる。緑茶を飲みたい。椅子に腰かけ、テーブルの煙草を手にした。母のものだ。疲れて帰って来たときに喫いたくなる。

足音がし、母の昌子《まさこ》が入ってきた。パジャマにカーディガンを羽織っている。

「お帰り」

「起して、悪い」

「なれてるよ」母が笑う。「着替えておいで。食べるでしょう」

「でかけるんだ」

「わかってる。そんな顔をしてるもん」

母は何でもわかっているようなもの言いをする。山田は好きに言わせている。母のおおらかな気性のおかげで、いまの自分がある。そのうえ、働き者だ。近くのスーパーマーケットに勤めている。三年前、パートから契約社員になったときはたいそうよろこび、これであと五年、六十歳までは働けると言った。

自分は父の気性を受け継いだのだろう。父は短気で、わがままだった。ものぐさな人でもあった。父も母の気性に助けられて生きていたように思う。

「シャワーを浴びる。その前にお茶を飲みたい」

「はいはい」

母が急須に茶葉を入れた。佐賀県武雄市出身の母は嬉野茶《うれしのちゃ》を好み、いまでも親戚の者に送ってもらっている。

温《ぬる》めのお茶を飲み、煙草をふかした。

母も煙草を喫いつける。

「長くなりそうかい」

母が訊いた。着替えの準備をするのだ。

「とりあえず三日間は帰れない。あとは成り行き次第かな」

「成り行きなんて……どんな事件なの」

「女の人が殺された」

身内であろうと話せるのはそこまでだ。

「かわいそうに」母が眉をひそめた。「悪人を捕まえて、成仏させてあげなさい」

犯人が悪人とはかぎらない。そう思うが、母とは口論しないと決めている。

お茶を飲んで席を立った。

「オムライスとカレー……どっちにする」

母が訊いた。どちらも子どものころからの好物だ。カレーはたくさん拵《こしら》えて冷凍庫に保存してある。山田の非常食のようなものだ。

「まかせる」

言って、自宅へむかった。

でかける支度をするさなかに思いつき、私物のほうの携帯電話を手にした。着信履歴に美波の電話番号がない。メールも届いていなかった。

山田は舌を打ち鳴らした。事件がおき、出動したと思ったのか。それにしても、留守電もメールもないのは腹が立つ。俺は美波の何なのだ。ときどき自問する。が、いつも答えはでない。むりにだすつもりもない。別れたくないのだ。


早朝会議がおわると、山田はそそくさとそとに出た。城戸が一緒だ。

麻布署の裏手にあるカフェテラスに入る。二人連れの客と目が合った。見覚えのない顔だが、目つきと雰囲気で同業と察した。城戸も気づいたようだ。その二人とは離れた席に座り、ウェートレスにコーヒーとアイスカフェラテを注文した。

城戸が口をひらいた。

「こんどの管理官は融通が利かん。ばらばらにされるぞ」

意味はわかった。捜査本部では本庁捜査一課の者と所轄署の者がコンビを組む。それが基本だが、城戸は山田と組みたがる。好かれているわけでも、相性がいいわけでもない。連れ立って遊ぶこともない。城戸は自分の得た情報が所轄署の連中に流れるのを嫌がるのだ。面従腹背《めんじゅうふくはい》。所轄署の捜査員も捜査一課の連中に対抗心を燃やす。

「いいじゃないですか。詰めの段階では二人で動きましょう」

「よし」

城戸がにっこりした。山田の意思を確認したかったのだ。

ドリンクが来た。

城戸がストローを挿し、アイスカフェラテを飲んでから視線を戻した。

「手応えはあったか」

未明の捜査では城戸と組まなかった。顔も見なかった。

「だめです。住宅街の深夜では……そとに出てきた何人かに話を聞きましたが、目撃者どころか、人声や物音を聞いた人もいなかった」

発見者による一一〇番通報は午後十一時五十三分である。

――寝付けずに散歩を……ええ。遅く帰宅したときなど、たまに犬を連れて散歩するのです。そしたら、犬が吠《ほ》え立てて……近づいたら女の人が倒れていました――

犯行現場近くの一軒家に住む男はそう証言した。

検視報告によれば、犯行時刻は午後八時から同十二時の間と推定された。午後七時に始まる第一回捜査会議では推定時刻が絞られるはずである。

「現場を見なかったのですか」

「ああ。現着が遅れたので係長といた」

内川係長と城戸は仲がいい。釣り仲間で、酒場にも行くという。

山田は、コーヒーで間を空けた。

「犯人は路上で被害者を襲い、刃物で刺したあと、植え込みの陰まで引きずった。歩いているだけでは発見されにくい場所で、民家やマンションが建ちならんでいる割に夜間は人通りがすくないそうです」

現場の半径百メートル以内にコンビニエンスストアはなかった。高級住宅街だから車を利用する人が多いせいもあるだろう。

「死体《ホトケ》を見たか」

「ええ。検視報告のとおりだと思います。犯人は背後から襲った。左腕で被害者の首を絞め、右手の刃物で脇腹を刺したあと、むきを変えて心臓を突き刺した」

遺留品は見つかっていない。被害者が着ていたパーカーやチノパンツのポケットも空だった。現場周辺の防犯カメラの映像を回収して解析を行なっているが、会議開始前までには被害者や不審な人物を視認できなかった。マンションのエントランスには路上を映す防犯カメラが設置されているけれど、現場は死角になっているとの報告だった。

被害者の身元が判明したのは午前六時過ぎのことだ。

――このマンションに住んでいる人だと思います――

野次馬のひとりがそう話した。

十三階建てマンションには七十二世帯が入居している。時間帯をおもんぱかって午前一時半に戸別訪問を中断し、居残り組が同五時半から再開した。

――間違いありません。おとなりの方です。顔を合わせれば挨拶しますから――

十階に住む女性が証言した。

その一報を受けて管理会社に問い合わせ、身元を確認したのだった。錦山怜奈、三十四歳。分譲マンションだが、錦山は賃貸契約で入居していた。三年半前、三十二万円の賃料で契約したという。契約書には、単身、ペットなし、と記してあった。

「ブライト・ライフって何の会社だ」

「行けばわかりますよ」

雑なもの言いになった。午前九時に『ブライト・ライフ』を訪ねる予定だ。それに、先客の視線が気になっている。同業とおぼしき二人連れだ。

「おまえ」

城戸の声に、それかけていた視線を戻した。

「地取りと敷鑑……どっちをやりたい」

第一回会議が行なわれるまでは出動した全員で初動捜査にあたる。現場周辺の聞き込み捜査だ。並行して、防犯カメラおよびNシステムの映像を解析する。

それを受けて幹部が捜査方針を示し、班分けが行なわれる。

大別して三つ。犯行現場の周辺で聞き込みを行なう地取り捜査、被害者の人的関係を調べる敷鑑捜査、遺留品等から犯人を追うナシ割捜査だ。

「敷鑑ですね」

あっさり言った。

「怨恨だと思うのか」

「勘ですが……いくら人通りがすくないとはいえ、偶発的な犯行にしては、状況が犯人に都合よくありませんか」

城戸が頷いた。判断がつきかねているような表情だった。

さっきの会議でも、捜査員の予断が割れた。もの取りと怨恨である。

山田は携帯電話で時刻を確認した。午前八時半になるところだ。

「行きましょう」

城戸に声をかけて立った。

六本木通に出て都営バスに乗り、渋谷二丁目停留所で降りた。宮益坂をくだる。坂の途中のオフィスビルに入り、案内板を見た。『ブライト・ライフ』は五階にある。

「いらっしゃいませ」

受付カウンターの女が声を発した。違和感を覚えるほどの、あかるい声だ。

「警視庁の者です」

山田は警察手帳を開いた。城戸はじっとしている。

「承っております。どうぞ、こちらへ」

応接室に案内された。

お茶が届いたあと、女があらわれた。四十代半ばか。ピンストライプのシャツに濃紺色のスーツを着ている。見栄えのする顔つきで、賢そうにも見える。

「矢野《やの》と申します」

山田と城戸に名刺を差しだした。〈専務取締役　矢野翠《みどり》〉とある。

「捜査一課の城戸です」

城戸が応じた。

局面次第で前にでたがる。山田は好きにさせている。

「おなじく、山田です。このたびはご愁傷様でした」

目を伏せたあと、矢野がソファを勧めた。山田は城戸とならんで座る。

「さっそくですが」城戸が言う。「事件をいつ知りましたか」

「けさ七時に、麻布署の方から……その直後にマンションの管理会社から電話があり、こういう事情で警察にあなたの電話番号を教えたと……わたし、賃貸契約の保証人で、緊急連絡先になっています」

「電話はどちらで」

「自宅です」

「住所をお願いします」

城戸が手帳を開いた。

矢野の細い眉が動いた。城戸の一方的な態度が気に入らないのか。

「渋谷区神宮前一丁目△の○×、五〇五です」

「マンションですね。ひとりでお住まいですか」

「ええ」声に不満がにじんだ。「そんなことが事件に関係あるのですか」

「関係者には訊ねるのが決まりなんです」

矢野が気を取り直すかのようにお茶を飲んだ。

城戸が続ける。

「被害者ですが……最近、悩んでいたとか、問題をかかえていたとか……」

矢野が首をふり続ける。

「仕事上のトラブルは」

「ないです。人間関係をふくめて、わが社はきわめて順調でした」

「青天の霹靂《へきれき》と」

「まったく、そのとおりです。わたしは、いまも社長の死を信じていません」

城戸が息をつく。

すかさず、山田は矢野に問いかけた。

「犯行時刻は昨夜の八時から十二時の間と思われます。被害者は化粧をしておらず、カジュアルな身なりでした。それで、思いあたることはありませんか」

矢野が小首をかしげた。わずかな間が空いた。

「スポーツジムに行く途中だったか、帰りだったかもしれません。社長は西麻布のジムの会員で、仕事の予定のない夜に通っていると聞きました」

「なんというジムですか」

「知りません」

「社員で知ってる方はいますか」

「どうでしょう。社長は社内の者に私的なことは話しませんでした」

「あとで確認してもいいですか」

「どうぞ」

「被害者の交友関係を教えてください。とくに親しくされていた方は」

「社長はつき合いがひろかったので……とくにと言われると、思いうかびません」

「あなたとは、どうです」

「ほかの方とは比べようがありません」きっぱりと言った。「会社を設立する前からの友人で、二人三脚で頑張ってきました。だから、彼女が殺されたなんて……」

矢野が声を詰まらせた。左手の中指が目尻にふれた。

そとに出るや、山田は携帯電話を手にした。一回の着信音で相手がでた。

《内川だ》

「西麻布のスポーツジムを調べてください。被害者はジムの会員だったとの情報を得ました。判明次第、連絡ください」

通話を切った。

城戸が不満そうな顔を見せた。

「ジムのことは、どうせすぐにわかります。先手を打てば自分らに優先権が……」

「わかってる」城戸がぶっきらぼうに言い、道路向かいを指さした。看板に〈珈琲〉の文字が見える。「あそこで作戦会議だ」

車道を渡った。道路交通法違反だ。

扉を開けると、いい香りがした。カウンターの端で、バーテンダーが煎《い》り立てのコーヒー豆を選別していた。おちついた雰囲気の店だ。あちこちに観葉植物を配してある。

二人掛けのテーブル席に座った。

ウェートレスが水とおしぼり、メニュー表を持ってきた。

「美味《うま》そうだ」城戸が言う。「ステーキサンドとブレンドを」

山田はブレンドを注文した。

「被害者はミーハーだな」

城戸が目で笑った。

山田は苦笑した。おなじ感想を持っていた。『ブライト・ライフ』の応接室には十数枚の写真が飾ってあった。どれも被害者と芸能人のツーショットだった。

「自社のイメージアップかも……事務室のホワイトボードには〈セミナー〉と〈面談〉の文字だらけでした。セミナーで芸能人を利用しているのかもしれません」

「ありうるな」

城戸がテーブルのパンフレットを指した。表紙に〈会社案内〉とある。

「主な業務にネットビジネスの企画、マネージメントと書いてある。若者をターゲットにしているようだから、イメージ作りは大事なんだろう」

「社員も若者ばかりでした」

「社員十三名の平均年齢は三十二歳らしい」

「二十代かと思いました」

「被害者の社長は三十四……おっと、専務の歳を訊き忘れた。俺より上かな」

矢野は四十二歳、城戸より四歳上だ。署で個人情報を得たが、口にはしない。

「好みですか」

「いい女じゃないか」くだけた口調になった。「身なりも……スーツはマックスマーラ、時計とリングはカルティエだった」

城戸はブランド品にくわしい。羨望か。本人はおなじ服ばかり着ている。

ウェートレスがコーヒーを運んで来た。

山田は香りをたのしんでから、飲んだ。味もいい。

「もうすこし、話を聞きたかったな」

城戸が未練そうに言った。

面談は矢野が打ち切った。麻布署の要請で、被害者の自宅に行くという。そんな話は係長にも矢野にも聞いていなかった。が、矢野を引き留めることはできない。

「日を改めて……あすにでもアポを取ります」

山田も矢野との面談に満足していない。

「それなんだが……」城戸の声音が弱くなった。「俺は地取りをやりたい。おまえは敷鑑……両面作戦で手を組めば、真先に俺たちが犯人にたどりつく」

城戸はぬかりない。他人の行動が気になる性格でもある。

「そうですね」

山田は即答した。好都合だ。自分が犯人に迫ったときは城戸を置き去りにする。手柄を分け合う義理はない。

スポーツジム『ＤＳＧ』は西麻布交差点の近くにあった。玄関口の液晶ディスプレイには〈ダイナミック・スポーツ・ジム〉と〈完全予約制〉の文字がある。

一階の受付で名乗ると、三階の応接室に案内された。おおきなガラス窓のむこうはトレーニングルームだ。様々な器具がある。山田には鉄屑《てつくず》にしか見えなかった。

二人の男があらわれた。

「お待たせしました。事務長の森《もり》です」

スーツを着た男が言った。四十代半ばか。鉄屑は使わないのか、細身だ。

「トレーナーの金子《かねこ》です」

名乗った男は三十歳前後、ジャージの上からでも筋肉の盛りあがりがわかる。

森は城戸の正面に、そのとなりに金子が座る。

「さっそくですが」城戸が森に話しかけた。「被害者、錦山怜奈さんは会員ですね」

「そうです」Ａ４サイズの封筒をテーブルに置く。「錦山様の契約書類を用意しました。わたしはご本人とお会いしたことがないので、あとのことは担当トレーナーの金子が対応させていただきます」

言って、森が席を立った。捜査員を歓迎していないのはあきらかだった。

城戸が用紙を手にした。会員契約書のコピーだ。ざっと見て、顔をあげる。

「あなたが被害者の担当……指名制ですか」

「そうです。個室を使うお客様は皆様、トレーナーを指名されます」

「入会時から」

錦山はおととし十月に入会していた。

「わたしは半年ほど前からです。前任者が退社したので、あとを引き継ぎました」

金子はすらすら答えた。肌は褐色に近い。側頭部を刈りあげ、前髪を垂らしている。精《せい》悍《かん》な顔立ちだが、やさしそうな目をしている。

「被害者はどんな方でしたか」

「気さくな人でした。陽気で、お喋りがうまい人という印象があります」

「被害者は日にちや曜日を指定していたのですか」

「いいえ。週に一度か二度、前日か前々日にご予約をいただきました」

「きのうは」

「二日前の予約でした。午後八時からの二時間です」

「様子はどうでしたか」

「ふだんどおりでした。出社して事件を聞き……錦山さんの笑顔が……」

金子が途切れ途切れに言った。

「被害者の所持品を見ましたか」

「更衣室のロッカーだと思います。個室にはスマホしか……いつもそうでした」

「きのうはそれを使いましたか」

「いいえ。手にもされませんでした」

「以前は使われたこともある」

「はい。電話かメールがきたときで、ご自分からはなかったと思います」

「被害者とそとで会われたことは……個人的に連絡を取り合うとか」

「……」

金子の表情がかげり、瞳がゆれた。

城戸が前のめりになる。

「正直に話してください」

「禁止されているのですが……」声が弱くなった。「三月に一度……わたしの誕生日に食事に誘われ、プレゼントをいただきました。そのときはメールでやりとりをしましたが、それ以外はありません」

「間違いないですね」

「ええ。いまの話、事務長には……」

「ご心配なく」

城戸がさえぎり、姿勢を戻した。

山田は訊問しなかった。次回からは自分が訊くことになる。

応接室で金子と別れ、事務室に寄った。

ドアを開けるや、奥のデスクにいた森事務長が足早に近づいてきた。押し戻されるようにして、山田は通路で面と向かった。

「金子さんは社員ですか」

「トレーナーとは契約です」

「契約書を見せてください」

「どうして……」森が眉根を寄せた。「彼に問題でもあるのですか」

「そういうことではなくて、被害者の関係者は皆さん調べるのです。それに、現時点では最後の接触者でして……捜査にご協力ください」

「わかりました。しばらくお待ちを」

不快そうに言い、森が事務室に消えた。

そとに出たところで、城戸と別れた。城戸は署に戻るという。捜査本部に集まる情報が気になるのだ。班分けのことで係長に希望を伝えるのかもしれない。

山田は、歩きながら携帯電話を手にした。

《麻布の殺人事件ね》
声を発する前に言われた。美波の声はあかるい。
「どうしてそれを」
《声もかけずに出て行ったやない。抱きたかったくせに……うちより優先するんは事件しか考えられへん》
きつい関西弁だ。
くそ。山田は胸でののしった。
《時間を作って、おいで》
殺人事件の詳細と捜査状況を知りたいのだ。
わかっていても逆らえない。
「そうする」
《六時間前に連絡してね。おいしいカレーを食べさせてあげる》
「ああ」
通話を切った。ため息がこぼれた。いつも丸め込まれる。

★

★

麻布署裏のカフェテラスに入った。きょうは二度目だ。

小栗は、煙草《タバコ》のパッケージとライターをテーブルに置いた。近藤係長が手を伸ばす。コーヒーを注文したあと、小栗も煙草《タバコ》を喫《す》いつけた。

「急用とはなんですか」

六本木で情報を集めているさなかに電話が鳴り、署に戻るよう言われた。

「捜査本部に参加しろ」

「冗談でしょう」

「おまえと冗談話をするために、わざわざ呼び戻すと思うか」

「理由を言ってください」

小栗は声を強めた。錦山の死は腰がぬけるほどおどろいた。きょうから錦山の身辺をさぐるつもりだった。錦山とネットカフェ『フラミンゴ』の関係が気になっていた。らちがあかなければ、坂本の賭博疑惑に絡めて直《じか》に接触することも頭にあった。しかし、その思惑どころか、錦山の存在さえ近藤には話してなかった。当面は捜査報告を控えるつもりでいた。組織犯罪対策課の動きが気になる。

「生活安全課と地域課に応援の要請があった」

そんなことは聞かなくてもわかる。殺人事件が発生して所轄署に捜査本部が設置されれば他部署にも出動要請がある。捜査の主力部隊となる本庁捜査一課が出張っても一個係の六、七名で、所轄署捜査一係の面々を総動員しても十数名である。初動捜査時の機動捜査隊を加えても、刑事部署だけでは三十名止まりだ。殺人事件の捜査本部は四、五十名、世間を騒がす凶悪事案では百名を超える。

「どうして、俺なんですか」

「適任だと思わないか」

「ん」顎があがった。「意味がわかりません」

「組織犯罪対策課の要請を袖にできる」

「捜査本部はもっといやです」

「わがままは聞かん。おまえか福西か……どっちかだ。どうする」

近藤が声と目で迫った。

息をついたところに、コーヒーがきた。煙草とコーヒーで間を取った。

「実は、被害者を的にかけるところでした」

「なんと」近藤が目を見開いた。「賭博絡みか」

「もちろんです」

小栗は、坂本の供述を話し、推論を加えた。

「出鼻をくじかれたわけか」

近藤が口惜しそうに言った。

「捜査本部には俺が行きます」

福西が行けばこき使われる。とても二股捜査はむりだ。

「それでいい」

近藤がうまそうに煙草をふかした。

「賭博疑惑の捜査は継続します」

「当然じゃないか。捜査本部でおまえが獅子奮迅《ししふんじん》の活躍をしても、点数にはならん」

小栗はあんぐりとした。図々しいこと、この上ない。

「南島の延長をお願いします」

「いいだろう。地域課に戻しても捜査本部に駆りだされる。電話番だろうが」

「俺が留守の間は、二人の面倒を見てください」

「そうはいかん。俺も忙しくなりそうだ」

「なにかあったのですか」

「内示があった。六月末に署長が警察庁に戻る」

「捜査本部が立つのに……」

「事件発生前の人事だ。出世欲の強い署長が男気をだして、事件解決まで署に残る……なんてことは、お天道様が東に沈んでも言わんさ」

立て板に水。達者な口だ。

「祝儀集めですか」

「裏ガネがたりないそうだ。まったく……うちの所管内はドル箱がすくないからな」

パチンコホールのことだ。所轄署が隠し口座に預ける裏ガネの大半は生活安全部署が集めている。飲食業組合や麻雀業組合などからの貢物もあるが、大口はパチンコホールを束ねる遊技場組合だ。大手パチンコホールからは別途に寄付を募ることもある。

蓄えた裏ガネの多くは警察官僚の歓送迎会の費用に費やされる。ノンキャリアのそれは官費、キャリアは裏ガネ。警察組織内の常識である。栄転のさいは、高価なゴルフセットや腕時計が贈られ、かつてはマンションを受け取った警察官僚もいたという。

「それなのに、麻布署は汗をかかないと……キャリアたちはおかんむりらしい」

近藤がため息をついた。

「マル暴部署にも汗をかかせればいいのに」

つい声になった。麻布署の所管内には指定暴力団の本部が二つもある。しかし、むだなことだ。連中はしっかり裏ガネをつかんでいる。署に納入しないだけのことだ。

「まあ、仕方ない」

言って、近藤があたらしい煙草に火をつけた。

「集金力のおかげで、生活安全課は署内でおおきな顔をしていられる」

「俺にはご利益がない」

「ばかを言うな。焚火《たきび》ができるほど始末書を書いて、それでも警察官を続けていられるのは生活安全課にいるからだ」

小栗は肩をすぼめた。反論のしようがない。

こんやの『花摘』は静かだった。ホステスも客もいなかった。

小栗はいつもの席に腰をかけた。

「このあいだはごちそうさん」

ナイトパブは馳走《ちそう》になった。タクシー代も渡さなかったと思う。

ママの詩織がおしぼりを差しだした。

「連れて帰りたかった」

あっけらかんと言った。

「勘弁してくれ。俺に子守はむりだ」

詩織には八歳になる娘がいる。六年前に離婚した。夫の浮気癖が原因で、詩織は慰謝料を受け取った。それを元手に『花摘』を始めたという。本人は、リーマンショックのあとで敷金も賃料も手頃な金額になっていたというが、素人にはむずかしい稼業である。詩織は銀座の酒場に勤めた経験があり、当時は売れっ子だったらしい。が、いまはがむしゃらな商売はしていないようだ。娘が大学に行くまで生活できればいい。そう聞いた。満席になるのを見たことはないが、筋の良さそうな客は何人も見ている。

詩織が水割りのグラスを置いた。

小栗は頰杖をつき、詩織の仕種を見ていた。ほっとする女だ。娘がいなければ口説いていた。己に責任を持てないのだから、家庭に責任を持てるわけがない。

煙草をふかしたところにドアが開き、福西が入ってきた。

「早かったですね」福西がとなりに座る。「長引くと思っていました」

殺人事件の捜査本部に参加するとは電話で伝えた。午後七時からの第一回捜査会議は一時間半ほどで終了した。初動捜査ではほとんど成果が挙がらなかったせいだ。

「先が思いやられる」

「それにしても、びっくりしました。まさか、あの人が……」

福西が声を沈めた。詩織の耳を気にしたのだ。

「そとに出ていようか」詩織が言う。「お客さんが来たら電話ちょうだい」

「いらん気は遣うな」福西に顔をむけた。「おまえもだ」

詩織が福西の水割りをつくる。

小栗は煙草をふかしてから口をひらいた。

「もの取りと怨恨に分かれた」

会議では検視官と鑑識員に続き、捜査員が聞き込み捜査の成果を報告した。

犯行時刻は午後十時半から十一時半の間に絞られた。午後十時二十五分、ガソリンスタンドの防犯カメラが路上を歩く錦山の姿を捉えていた。錦山がスポーツジムを出たのは十時十七分。帰宅途中だったと推測される。ジムからマンションまで徒歩約十五分の距離である。錦山は左手にトートバッグのようなものを提げていた。会議開始時点では、ほかの防犯カメラで錦山は確認されなかった。

小栗は、それらのことをかいつまんで話した。守秘義務は無視だ。

「バッグがなくなっていた」

福西が訊いた。

「ポケットも空だった」

「怨恨説の根拠は……トラブルをかかえていたのですか」

「そんな情報はない。が、ガソリンスタンドの防犯カメラには、錦山のあとを尾《つ》けるような人物も、あやしげな行動を取る人物も映っていなかった。現場は夜間の人通りがすくないそうだ。偶発的なもの取りは考えにくいと……消極的な意見だな」

福西が視線をそらし、水割りを飲む。思いだしたように顔をむけた。

「被害者の家宅捜索は済んだのですか」

知りたいことはわかった。

「でた。エクスタシーなど向精神薬の錠剤が三十錠ほど見つかった。が、関係者の証言では、被害者の様子が変とか、おかしな行動を取ることはなかったと……常用ではなかったかもしれん。それに、スポーツジムで汗をかき、シャワーを浴びたというから、体内に残留物は残ってないだろう」

「私的な遊びのときに使っていたわけですね。指紋はでましたか」

「被害者とは別人のものがひとつ……照合中だ」

そっけなく言った。

薬物はどうでもいい。それが殺人の動機の要因だとしても興味はない。薬物事案も殺人事案も自分の標的ではないのだ。

「きのうの報告をしろ」

昼に連絡を受けて会う約束をしたのだが、近藤に呼ばれて時間をずらした。改めて指示したのは捜査会議が始まる前だった。

「あっ。そうでした」福西が甲高い声を発した。「フラミンゴの武蔵店長が動きました。いつものように午後十一時過ぎに店を出たあとラーメン屋で食事をし……家に帰るのかと思いきや、雑居ビルに入り……エレベーターは五階に停まりました」

「五階になにがある」

「ネネというクラブだけです」

知っている。老舗のクラブだ。座って五、六万円は取られる。スポーツ選手や芸能人も通っていると聞いた。

小栗は目で先をうながした。

「高そうで、顔を合わせるのはまずいと思い、路上で待機しました。十五分ほど経ってひとりであらわれ、そのまま自宅に帰りました」

「自宅まで二人で尾行したのか」

「自分ひとりで……南島はフラミンゴの監視です」

「しくじったな」

「えっ」

「武蔵は南島に尾行させ、おまえは路上で見張るべきだった」

「そうか」声に落胆の気配がまじった。「誰に会ったのか……そういうことですね」

「ああ。武蔵がネネの客とは思えん。俺らが知ってる野郎と会ったかもな」

「すみません」

「まあ、いい。俺がさぐってみる」

小栗はグラスを空けた。

詩織が水割りをつくる。グラスを置き、口をひらいた。

「わたしが、聞いてあげようか。ネネの支配人はときどき店に来てくれる」

「いらん」

ぞんざいに言い、福西に話しかける。

「俺も顔見知りがいる。そいつには貸しがある」

そんなものはない。顔を合わせれば言葉を交わす程度の仲である。

水割りを飲んでから言葉をたした。

「ここでの話、他言するな。南島にも黙ってろ」

「自分に言ってるのですか」

「ほかに誰がいる。ママは信用してる」

福西が目を見開いた。口も半開きになった。

「ママとは五年の縁だ。半年のおまえとは密度が違う」

「わかりましたよ」

福西が拗《す》ねたように言い、グラスをあおった。

ドアが開いた。中年の男が入ってきた。

「鈴木《すずき》さん、いらっしゃい」

「おう。女の子がいないと聞いたから、自前で連れて来た」

鈴木のあとから人が入ってくる。男三人に女が二人。会社の上司と部下のようだ。

「ありがとう。助かります」

詩織がカウンターを出た。

「そろそろ戻ります」

福西が言った。

「一緒に出る」

「もう帰るのですか」

「そんな人でなしに見えるか。おまえらが仕事してるんだ」

「どこへ」

「すぐ近くだ。話を聞きたい野郎がいる」

「Gスポットですね」

「勘がいいな」

「わずか半年の縁でも、密度はママに負けません」

福西がにんまりした。

クラブ『Gスポット』はがらんとしていた。平日はこんなものだ。クラブが盛況なのは週末か祝日前夜である。そのため、週の初めを休業にする店も多い。平日は週末や祝日前夜の半分以下の料金にして、日付が替わる前に営業をおえる。

ダンスフロアには数人の女がいた。サウンドの音量をさげ、カクテル光線の乱射がなくても、身をくねらせ、髪をふり乱している。

小栗はカウンターのバーテンダーに声をかけた。

「店長はいるか」

「はい。ただいま」

バーテンダーがボトル棚のうしろに消えた。

ほどなく店長の杉下があらわれた。うかない顔をしている。

「VIPルームは空いてるか」

「ええ」表情がほころんだ。「ありがとうございます。何名様ですか」

「仕事だ」

杉下に案内され、VIPルームに入った。八人ほど座れる。ちいさいほうの部屋だ。鈎《かぎ》型のソファとカラオケの大型ディスプレイ。壁には絵画が掛けてある。

「どんなご用でしょう」

杉下が言った。うかない顔に戻っている。

「心あたりがないとは言わさん」

「錦山さんの……」杉下が眉をひそめた。「お気の毒に……」

「それだけか」

杉下が目をしばたたいた。

「どういう意味ですか。彼女はお客様……それ以上でも、以下でもなかった」

「先日のことは憶えてるな」

「小栗さんがお見えになったときですね」

「被害者には四人の連れがいた。素性を教えろ」

杉下が首をふった。

「三人の男性はあの日が初めての来店でした。錦山さんに紹介されなかったので、素性どころか、名前も知りません。女性の方は、自分が知るかぎり、二度目でした」

「名前は」

「錦山さんは、チヅルと呼んでいました」

「なにをしてる女だ」

「さあ」杉下が首をひねった。「ここは遊びの場ですから」

「被害者のこともか」

「はい」

「署で寝るか」

「えっ」

小栗は目で凄《すご》んだ。

「大切なお客様……おまえはそう言った。なにも知らないで済むと思うか」

「そうおっしゃられても……お客様の個人情報は……わかってください」

杉下がしどろもどろに言った。

「わからん。大切な客は死んだ。それも、殺された。捜査に協力するのが、客への恩義じゃないか。供養と思え」

「小栗さんは生活安全課……殺人事件は……」

「関係ある」強い声でさえぎった。「捜査に参加してる」

杉下がうなだれた。ややあって、顔をあげる。

「しばらくお待ちを……顧客ファイルを調べてみます」

「俺も行く」

小栗は立ちあがった。

「いまごろわかったか」

「強引なんですね」

小栗はドアを開け、杉下をうながした。

翌朝十時、小栗は渋谷区神宮前の喫茶店に入った。

近くに大学があるせいか、店内は若い女がめだつ。窓際の席に坂本がいた。

「しけた顔をしてるな」

ひと声かけ、正面に座る。

坂本がうらめしそうに見た。一時間前にかかってきた電話は声に元気がなかった。連絡しようと思った矢先のことである。

ウェートレスにモーニングセットを注文した。トーストにサラダとスクランブルエッグが付いている。坂本に遠慮はしない。

「どうだ。殺人事件の容疑者になった気分は」

「なんてことを……」

坂本の声がひきつった。目の玉がこぼれでそうだ。

「心の準備はしておけ。遅かれ早かれ、捜査一課の訊問を受ける」

「ぼくのことを喋《しゃべ》ったのですか」

「協力者は裏切らん。が、捜査一課はあまくない。逆に、おまえはあまい」

「なぜですか」

「犯罪者が自分名義のケータイを使うからだ。捜査員は被害者のケータイの通話やメールの履歴を調べる」

「犯罪者……遊びのインカジで……協力者のつぎは容疑者……なさけない」

笑みがこぼれた。愚痴は聞きたくないが、他人の泣きっ面を見るのはたのしい。

「俺に隠してることはないか。あるならいまのうちに話せ」

「ないです。うそもついていません」

「正直者に福宿る……俺に協力すれば運気が変わるさ」

あっけらかんと言い、煙草をふかした。

「あのう」坂本が顔を寄せた。「事件とインカジ、関係があるのですか」

「どうしてそう思う」

「根拠はないのですが、いやなことがつぎからつぎとうかんできます」

「もう博奕《ばくち》はやめろ。あれもこれもと思うやつは博奕に勝てん」

「そうですね。で、どうなんです。関係は」

「わからん。だが、心配するな。捜査員がフラミンゴに目をつければ、俺がおまえの身柄を引いてやる」

「ええっ」

「俺が逮捕すれば略式起訴の罰金……留置も一泊二日で済む。捜査本部が別件の賭博罪で逮捕したら短くても一週間は拘束される。そのうえ、会社にばれる」

坂本がため息をついた。縮んだ身体を窓越しの陽光がつつんだ。

小栗はフォークを手にし、サラダを食べた。スクランブルエッグはトーストに載せる。

無言で食べおえたあと水を飲み、煙草をくわえた。

「被害者に呼びだされた喫茶店は、ここか」

この店は坂本が指定した。ぴんときた。

――四、五日経って連絡があり、青山の喫茶店で会いました――

青山通をはさんだ神宮前と渋谷四丁目あたりは一般に青山といわれている。

「そうです」

「それ以前のことを訊く。なれそめは合コンのあとのクラブ……そうだったな」

坂本が頷いた。

「合コンは誰かに誘われたのか」

「はい。会社の同僚です。おなじ営業で……そいつは知り合いの女に誘われたそうです。四、五人集めてくれないかと」

「同僚の名前は」手帳を手にした。「フルネームで言え」

「勘弁してください」

「おまえの容疑を晴らすためじゃないか。捜査一課にもおなじことを訊かれる」

「富田《とみた》陽平《ようへい》……太陽の陽に、たいらです」

「独身か」

「はい」

「誘った女との関係は」

「富田は渋谷区を担当していて、仕事の途中に寄る喫茶店で知り合ったとか……彼女じゃないと言いました。ちなみに、その子は大学生です」

「合コンには女子大生が来ていたわけか」

「五、六人はいたと思います。二十代のOLもおなじくらい」

「なるほど。で、男どもは下心に胸をふくらませてクラブに行った」

「そう……なりますかね」

おまえはそうなんだろう。言いかけた。

「が、クラブには若い女も霞《かす》んでしまうほどの女がいた」

「ええ」坂本が苦笑する。「錦山さんが、いきなりVIPルームで遊ぼうと……」

「待て」手でも制した。「合コンは何人いた。クラブには何人で行った」

「合コンは三十人くらい……クラブに行ったのは八人でした」

「ほかの連中は帰ったのか」

「わかりません。クラブに移動したのは女が三人、男は五人……富田とぼくは富田の知り合いの子に声をかけられて……ほかの男も女に誘われたそうです」

「合コンも六本木か」

「はい。ミッドタウン近くのダイニングバーで、二時間の貸切りと聞きました」

ひらめいた。錦山が絵図を描いたのだ。

錦山は毎週のように、土曜日のＶＩＰルームを予約していた。人数は五人から十人。顧客ファイルに料金は記されていなかったが、十人で利用すればらくに十万円は超える。三人の女は錦山の部下か。錦山の指示で男らをクラブに誘ったのか。

思わぬ展開になってきた。錦山が殺されなければ、坂本にこんな質問はしなかった。錦山と『フラミンゴ』。関心はその一点だった。

「捜査一課の連中があらわれても、フラミンゴのことは喋るな。しつこく訊かれても、合コンに留《とど》めておけ。俺のことも……喋れば俺が手錠を打つ」

小栗は煙草を灰皿につぶした。

★　　★

「家賃に三十二万円……もったいない」

岩屋雄三《いわやゆうぞう》がつぶやいた。麻布署捜査一係の巡査部長だ。五十五歳と聞いた。中肉中背。これといって特徴はない。

岩屋はふしぎそうにリビングを見渡している。錦山の部屋に入ったところだ。三十平米ほどの部屋は空間がひろい。コーナーソファと八十インチのテレビ。家具のところどころに白いものが見える。指紋採取の跡だ。被害者の妹の同意を得て、きのうの午後に家宅捜索を行なった。ワインカラーのサイドテーブルの上には三つの写真立てがある。どれも笑顔の錦山が写っている。

「どうぞ、おかけになってください」

女がキッチンから戻ってきて、声をかけた。

被害者の妹の、錦山沙希《さき》だ。二十七歳。姉をふっくらさせたような印象がある。きのうの午後に富山から上京し、遺体を確認した。実家で母親と暮らしている。母親はショックで倒れて病院に運ばれたが、あすには上京するという。

「ハーブティーしかありませんが」

「おかまいなく」

岩屋が答え、沙希が座ると言葉をたした。

「さっそくですが、幾つか質問させてください」

沙希が頷いた。表情は沈んでいる。

「おかあさんは大丈夫ですか」

「はい。点滴を打っておちついたようで、予定どおりあすの昼にはくるそうです」

「富山は長いのですか」

「わたしは富山を離れたことがありません。父も母も富山の農家の生まれで、母は、父が病気で亡くなったあともお米を作っています」

「あなたもお手伝いを」

「たまに……まともに手伝うのは収穫期くらいですが」

沙希は農協系の信用機関に勤めているという。

「お姉さんは何歳まで富山にいたのですか」

「八年前まで……姉は大学を卒業し、地元の広告代理店に勤めたのですが、二十六歳のときに東京へ行きました」

「なにか目的があったのですか」

「会社の先輩が東京の会社に移ることになって……ネットメディアの会社でした。姉はインターネットに興味があったのです」

「おかあさんは反対しなかった」

「ええ。やりたいことをやりなさいと……わたしもおなじでした」

沙希がハーブティーを飲む。

山田は、岩屋に目で合図し、沙希に話しかけた。

「お姉さんが上京したあと、連絡は取り合っていましたか」

「もちろんです。たいていはメールで、たまに電話で話しました」

「どんな話を」

「姉は母の様子を知りたがり、わたしのことも気にかけていました。わたしは、東京での暮らしや仕事のことを訊きました」

「どう言っていましたか」

「順調だと……いつもおなじで、あまり自分のことは話したがりませんでした」

「なぜですか」

「さあ」沙希が小首をかしげた。「心配をかけたくなかったのでしょう。それに、あかるい性格で、愚痴や不満を言わない人でしたから」

「スマホとガラケー……どちらにかけていましたか」

関係者の証言から被害者は二つの携帯電話を所持していたと判明した。現在、捜査本部は両方の携帯電話の発着信履歴を精査している。

「メールはスマホ、話すときはガラケーでした。姉もおなじです」

「最後に話したのは」

「先週の日曜でした。電話は日曜が多かったです」

「そのとき、いつもと変わった様子は」

沙希が首をふる。

「元気そうでした」

山田はティーカップを手にした。やわらかな香りがした。

「この部屋に来たことは」

「年に二、三度来ていました。でも、姉は仕事が忙しくて、一泊か二泊……二人で遠くにでかけることはありませんでした」

「ここに住む以前の部屋にも」

「はい。南青山のマンションですね」

元麻布に移転する前は南青山に三年間住んでいた。

「その前です」

「下北沢ですか」

山田は頷いた。

上京した直後、錦山は下北沢のアパートに住んだ。けさ現地確認のため下北沢と南青山に行ったが、アパートのほうは老朽化で建て替えられていた。

山田は、東京の八年間で錦山がどう変わったのか、気になっている。

「そうです。そこにも行きましたか」

「はい。部屋を借りるときも……八畳一間で、家賃は四万七千円だったと思います」

「そこからスタートして、ここは三十二万円……感想を聞かせてください」

「そう言われるとおどろきますが、姉は頑張り屋でしたから……途中からは、そうなるのがあたりまえのように思っていました」

頷いて立ちあがり、山田はサイドボードの右端の写真を指さした。

「一緒に写ってる人は誰ですか」

「矢野さんです。一度、姉と三人で食事をしました」

「いつのことです」

「ブライト・ライフを設立する前でした」

「二人の仲はどう見えましたか」

「姉は矢野さんを信頼していました。いまがあるのは矢野さんのおかげだと……矢野さんと一緒なら、あたらしい会社はきっと成功するって……矢野さんからもおなじようなことを聞きました」

沙希が懐かしむように言った。

山田は左端の写真を指した。こちらもツーショットだ。

「こっちに写ってる人も知っていますか」

「姉はチヅルさんと……会ったことはなく、どんな字か、名字も知りません」

「でも、チヅルと言ったのだから、この人の話は聞いた」

「ええ。あなたの代わりだって……姉がたのしそうに話したのを憶えています」

「妹代わりという意味ですか」

「そうでしょうね。ちょっぴり焼けました」

沙希がはにかむように頰を弛《ゆる》めた。

「いつごろその話を」

「去年の秋……わたしが連休を利用して来たときだったと思います」

山田はソファに戻った。中央の写真は錦山の顔がアップで写っている。

「彼氏の話を聞いたことは」

「………」

沙希がきょとんとした。ややあって口をひらく。

「いたのですか」

「判明していません。で、訊ねました」

「聞いたことがないです」

「電話やメールでも」

「はい。わたしは気にもしませんでした。姉は仕事が命のように感じていたので」

「過去はどうです」

「えっ」沙希が眉尻をさげた。「富山にいたときですか」

「そうです」

「いました。大学で知り合った彼氏が……わたしも母もてっきり結婚すると思っていたのですが、勧めだしてから別れたと聞きました」

「その人は富山にいるのですか」

「いまはわかりません。けど、大学を卒業して地元の会社に勤めていました」

「おなじ会社ですか」

「いいえ。その方は製薬会社に……営業で全国をまわっていたようなので、姉は会う機会が減って、さみしかったのかもしれませんね」

沙希は淡々と語っている。

山田はソファに背を預けた。チヅルの名前が頭にへばりついた。

岩屋が前かがみになる。

「葬儀はどちらで」

「たぶん、東京でやると思います。母と相談しますが、姉の仕事の関係もあるし、姉は富山を離れて八年です。実家に帰るのは正月とゴールデンウィークくらいでしたので、いまは富山の友人もすくなくなっているでしょう」

司法解剖が行なわれている時間帯だ。東京での葬儀なら通夜は週末あたりか。富山で執り行なわれても葬儀場には足を運ぶ。敷鑑班の者なら当然である。

マンションを出て、山田は携帯電話を耳にあてた。

《はい、内川》

低い声だ。捜査本部に詰めているとわかる。

「山田です。被害者のケータイ履歴の確認は済みましたか」

《やってる最中だ。なにしろ数が多い。メールの交信相手だけで二百人は超える》

「チヅルという名前があるか、調べてください」

《千に鶴か》

「不明です。名字もわかりません。が、被害者と親しかったと思われます」

《該当者がいるかどうかの確認だな》

「はい。結果がわかり次第、連絡ください」

通話を切った。

麻布十番へむかう途中でレストランに入った。オープンテラスがある。ランチメニューが千円を超えるので岩屋に相談したが、二つ返事だった。捜査の話をするのに昼下がりのレストランは都合がいいのだが、それだけの理由ではなかった。道路沿いのテーブル席に座るなり、岩屋は煙草を喫いつけ、うまそうにふかした。

岩屋が日替わりランチを、山田はパスタを注文した。どちらもドリンクが付く。

「チヅルという女が気になりますか」

岩屋がさりげなく言った。

「そりゃなるでしょう。妹代わりの女なんです。それなのに、これまでの聞き込みでチヅルの名前はでなかった。事件は実名で報道されたのに、問い合わせの連絡もない」

「半年以上前の写真です」岩屋が煙草をふかした。「縁が切れたのかもしれません」

「予断は持たない主義です」

はねつけるように言った。

だが、岩屋に動じる気配はない。

「矢野という女性の印象はどうでしたか」

捜査本部での相棒が決まったとき、挨拶代わりに、これまでの捜査状況を話した。

「社交的で、自信家……社長の死を冷静に受け止めているふうに見えました」

「犯行時刻のアリバイは」

「自宅にいたと……ひとり住まいなので、ウラを取るのに時間がかかります」

「あなたは怨恨だと思っている……で、敷鑑班を希望した」

「経験上の勘ですよ」

「勘と予断は違いますか」

「別ものです」

山田はぶっきらぼうに応えた。不機嫌になってきた。絡みつくような、相手の胸中をさぐるようなタイプの捜査員はどこの署にもいる。

料理が運ばれてきた。

山田は水を飲んでからフォークを持った。

岩屋がウェートレスに声をかける。

「箸はありますか」

「ございます。お待ちください」

ウェートレスが踵《きびす》を返した。

「助かりました。どうしても音が立つんです。かみさんによく叱られる」

岩屋が表情を崩した。が、目は笑わなかった。

二人とも無言で食べた。ドリンクになったあと、岩屋が視線をむけた。

同時に、山田の携帯電話がふるえた。上司の内川係長だ。

「山田です」

小声で言った。周囲は空席だが、習慣になっている。

《過去三か月の履歴に、該当する人物はいなかった》

「間違いないですか」

《疑るのか》

「ブライト・ライフの社員名簿、関係先の資料もチェックしてください」

《やけに熱心だな》

「チヅルは被害者と顔をくっつけて写真に納まってる。被害者は妹に、あんたの代わりだと言ったそうです。身内のような者が姿を見せないのは変です」

《…………》

「聞いてるのですか」

《うるさい。調べて連絡する》

こんどは相手が通話を切った。

岩屋が口をひらいた。

「これからどちらへ」

「あなたの考えは」

「以前に勤めていた会社で話を聞きたいですね」

声に意志を感じた。芯が強そうだ。

岩屋が言葉をたした。

「そこでチヅルのことがわかるかもしれません」

「たしかに」

「ですが、ほかに行きたいところがあれば従います」

「あなたの勘につき合います」

山田は手帳を開いた。『ＴＮＭ』という会社は表参道にある。やたら横文字の企業や組織が増えた。覚えるのに苦労する。『ＴＮＭ』は東京・ネット・マガジンの略称で、九年前に設立された会社だった。

夜の捜査会議がおわると、城戸に誘われた。山田は、岩屋にことわりを入れた。建前の礼儀だ。岩屋は快く応諾し、なにかあれば連絡をください、と言った。

西麻布交差点を過ぎた先の居酒屋に入った。午後九時半になる。

ビールを飲んで息をつき、城戸が話しかけた。

「教えろ」さぐるような目つきだ。「おまえは会議で報告しなかった。なにをつかんだ」

「なにも……むだの連続でした。ほんとうです」

「そう言われると、ますます疑りたくなる」

「性格が捻《ねじ》れてますよ」

「ひん曲がってるおまえには言われたくない」

城戸が箸を動かした。トマトサラダに肉豆腐、ほうれん草のおひたしがある。さつま揚げとモツ鍋は届いていない。

トマトを食べて、城戸が顔をあげた。

「どこをまわった」

「午前中は南青山と下北沢……どちらも被害者が住んでいました。昼から被害者のマンションで妹に会い、そのあと、被害者が以前に働いていた会社を訪ねました」

事実だけを言った。どうせ、あれこれ質問される。

「たしかTNMだったな」

「ええ。表参道の路地にあります。古いビルの二階で、デスクが七つあるだけの、ちいさなオフィスです。が、ネットビジネスはそれくらいでも充分なのかもしれません。業績は良好らしく、社員らは溌剌《はつらつ》として見えました」

「どんな仕事だ」

「ひと言で言えば、企業広告ですね。企業の業務内容とか、商品説明とか……広告主の大半はネットビジネス関連の会社でした」

「ふーん」興味が失せたようだ。「被害者の話は聞けたか」

「アポなしで行ったのですが、居合わせた社長が時間を取ってくれました。社長はTNMを設立するにあたって、大学の同級生を熱心に誘ったそうです。設立時には間に合わなかったが、半年遅れで入社し、いまは右腕の存在だと……被害者は富山の会社での上司だったその友人に誘われて上京した」

「友人の彼女だったわけか」

「そうではなさそうです」山田は手帳を開いた。「友人の名前は久富敏光《ひさとみとしみつ》、四十二歳。社長に誘われたときはすでに家庭を持っていて、それが決断を遅らせる理由になったそうです。被害者のほうは東京に出たいという願望があったようで、あまり時間をかけることなく上司の誘いに乗ったとか」

「久富にも話を聞いたのか」

「いいえ。社長の話です。久富は商談で外出していました。社長によれば、久富と被害者の三人でよく食事をしたそうです」

「社長も被害者を気に入っていた」

「おそらく……被害者の仕事ぶりを褒めてましたからね」

「なのに被害者は会社を辞めた。社長も久富も引き留めなかったのか」

「その点は社長も残念がっていました。被害者が事業を始めたいというので仕方なく……自分が独立したときのことが頭によぎって、むりは言えなかったと」

「仕事以外はどうなんだ」

「性格も褒めてました。笑顔が絶えず、喋りも上手で、周囲をあかるくするような性格だったそうです。社員にも話を聞きましたが、悪く言う人はいなかった」

「被害者だからな」

城戸がぼそっとつぶやいた。

死者に鞭《むち》は打たない。それはわかっている。

さつま揚げとモツ鍋が来た。土鍋から湯気が立っている。日本酒を注文した。

「久富にも話を聞くつもりです」

山田は箸を持った。モツ鍋を平らげたところで話しかけた。

「先輩のほうはどうなんですか」

「さっぱりだ」城戸が手酌酒を飲んだ。「不審人物の目撃証言はゼロ。車もおなじ……現場のマンションに面した道路に車はなかった。現場に最も近い駐車場でも百五十メートルは離れている。そこは四両分のスペースで、防犯カメラの映像を確認したが、死亡推定時間帯に車の出入りはなかった」

「マンション沿いの防犯カメラは」

「午後十時から十二時の間に、七つの防犯カメラが十八名の人間を捉えていた。同一人物の可能性もあるから、せいぜい十名だな。下半身だけの者もいる。不審な行動を取る人物は映っていないとの報告だった」

「マンション内の防犯カメラはどうです」

「ん」城戸が怪訝《けげん》そうな顔をした。「被害者の部屋に人がいたという想定か」

「敷地内に潜み、被害者の帰りを待っていたかもしれません」

「エントランスとエレベーターの映像は回収した。が、解析結果は聞いてない。あやしい人物は映っていなかったんだろう」

山田はため息をこぼした。防犯カメラやNシステムを頼りすぎている。初動捜査には欠かせないものになったとはいえ、捜査の正道とは異なる。

城戸が言葉をたした。

「犯人は防犯カメラを意識していた……つまり、下見をしたか、土地勘があった」

「さっきの会議でもそんな意見がでましたね」

「ああ。捜査本部の幹部連中は怨恨説に舵《かじ》を切りそうだ」

「敷鑑班に移りますか」

「みっともないまねはせん」怒ったように言う。「美人の矢野のことは聞いたか」

山田は眉をひそめた。報告したくない二人の女の片方だ。が、すぐに諦めた。内川係長はチヅルという女のことも城戸に話しているだろう。

「矢野はネットビジネス業界では名前も顔も知られた存在でした。かつてはフリーの立場でコンサルタントをしていたらしく、TNMの社長も、会社設立のさいにアドバイスを受けたそうです」

「TNMに出入りしていて、被害者と知り合ったわけか」

「それがはっきりしません。矢野は二、三か月に一度の割でTNMを訪ねていたが、社長は矢野と被害者が話しているのを見たことがなかったと……被害者から矢野と共同で会社を設立すると聞いたときはびっくりしたとも言いました」

「また会えそうだな」

城戸がにやりとした。

「敷鑑班の仕事です」

「そのときは敷鑑班に移ってやる」

「どうぞご自由に」

むだな抵抗はしない。それに、店を出たくなっている。

「チヅルって女は何者だ」

「それがわかっていれば、こんなところで時間をつぶしません」

苛立《いらだ》ちまじりの声になった。


城戸と別れて電話をかけ、タクシーに乗った。電車を乗り継ぐ時間が惜しい。車で約十五分。瀬戸美波のマンションは明治神宮の裏手にある。最寄駅は小田急線参宮橋だ。

エントランスのインターホンを押し、エレベーターで七階にあがる。

玄関のドアは半開きになっていた。

「カレーはないよ」

「わかってる」

「ピザでも取ってあげようか」

「いらん」

つっけんどんに言い、靴を脱いだ。

背で美波がくすくす笑っている。かまわずリビングにむかった。

二十平米ほどの部屋にジャズが流れている。スタンダードだ。すっかり耳になじんだけれど、自宅でも聴こうとは思わない。コーナーソファのうしろは壁一面の書架で、隙間なく書物が詰まっている。反対側は大型のテレビとオーディオ機器がある。


「捜査がはかばかしくないんやね」

「いつものことさ。それに、まだ二日目だ」

「最初の二十四時間が勝負だって……言うてたやない」

「忘れた」

上着を脱いでソファに腰をおろした。

美波がとなりに座った。Tシャツに短パン。部屋では見慣れた身なりだ。覗《のぞ》き込むように顔が接近した。

「愚痴を聞いてあげる」

「捜査情報だろう」

「それは愚痴の理由……背景や」

「ものは言いようだな。作家は口も達者か」

「当然よ。ぶつぶつ言いながら書いてるんやもん」

山田は腕を伸ばした。テーブルにスコッチのボトルとグラス、アイスペールがある。山田が来る直前に用意すると聞いた。ほんとうかどうかは確かめようがない。

「うちも」美波が言う。「オンザロックでね」

山田は水割りにした。酔えば眠ってしまいそうだ。神経が疲弊している。

美波が空いているソファに移った。話を聞く気になっている。

話したくないが、無視すればいつまで経っても隣室には移れない。

「遺留品も目撃者もなしなん」語尾がはねた。「どうせ、ヤマちゃんは敷鑑でしょう」

警察用語がぽんぽん出てくる。知り合う前から知識があった。

「おまけに、現場周辺の防犯カメラも不審人物を捉えてない」

ためらいなく言った。警察内規はとっくに破っている。ばれたら懲戒免職になる。が、
監察官室の調査を受けて、美波が正直に供述するはずがない。そう高を括《くく》っている。

「被害者は業界で有名な人だったみたいね」

「調べたのか」

「ネットで検索したら、何万件もヒットした。会社はどうかわからへんけど、被害者の錦
山怜奈は若者に人気があるみたい」

「へえ」

知らなかった。捜査でネット情報を頼ることはない。間違いの元だ。

「うち、捜査よりも、被害者のほうに興味が湧いてきた」

「なにかわかったら教えてくれ」

半分は本音だ。残りの半分はしつこく訊かれないで済む。

グラス片手に、美波がソファにもたれた。

「もの取りと怨恨……どっち。まさか、通り魔ってことはないやろ」

「どうかな」

「現場を見て、犯人に殺意を感じたの」

「なんとも言えん。背後から首を絞めて脇腹を刺した。そのあと、胸をひと刺し……物音や悲鳴を聞いた人はいない。あっという間の犯行だったんだろう。死因は失血性ショック死。犯人は路上で犯行におよび、三メートルほど引きずって植え込みの陰に運んだ」

「単なる時間稼ぎやね。遺体を隠すんなら遠くに運ぶもん」

「捜査本部で話せ」

「ええの」

美波の瞳が光った。

山田は頭をふった。冗談も言えない。すぐその気になる。

「被害者の所持品は」

「ない。直前まで持っていたバッグが消えた。被害者の身内によれば、鍵とスマホ、財布のひとつが見あたらないそうだ」

「ケータイはひとつしか持ってなかったの」

「ガラケーは部屋にあった」息をついた。「もういいだろう。朝が早いんだ」

「けど、やることはやるんやろ」

「あたりまえのことを訊くな」

「うちもしたい。身体が燃えてるねん」

「事件のせいか」

美波がにっこりした。

「うちのこと、わかるようになったんやね」

「うるさい」

山田は立ちあがった。熱いシャワーを浴びたい。

「お湯を張ってあるよ。ゆっくり浸かってね。うち、すこし書きたいさかい」

焦《じ》らすな。怒鳴りそうになった。

★　　★

元麻布の殺人事件発生から三日になる。

小栗は、六本木から青山方面へ歩き、乃木坂近くのステーキハウスに入った。いつも横目に通り過ぎていた。職務で足を踏み入れたこともない。

ゆったりした空間がひろがっている。半円形のカウンターはほぼ客で埋まっていた。

四人掛けのテーブル席にむかった。

石井は笑顔だ。淡いオレンジ色のシャツにアイボリーのジャケット。スタンドカラーのシャツは麻、ジャケットはシルクか。

ウェーターに椅子を引かれ、小栗は腰をおろした。普段どおり、ジャケットもパンツもコットンだ。場所と相手によって着るものを選ぶ習慣はない。衣装持ちでもない。

「肉料理とは意外だった」

きょうの昼間に連絡があった。食べたいものを訊かれ、この店がうかんだ。

「一度は入ってみたかった」

「予約が取れてよかった」

そんなに人気の店なのか。老舗で常連客が多いのか。金曜のせいもあるだろう。

ウェーターがワインボトルを運んできた。

「料理は勝手に頼んだ」

「助かる。メニューを見れば目移りする」

グラスを傾けた。赤ワインは舌にも咽にもやさしかった。

「もっと早く連絡があると思ったが」

石井が目で笑った。意味がわかったようだ。

「惜しい人を亡くした」

「それだけか」

「業界にとっては損失……その程度の縁だった」

「俺のことはうかばなかったのか」

挑発するように言った。早く石井の地を見たい。

「捜査に協力すると約束した覚えはないが」

言って、石井がワインを口にふくんだ。

料理が届いた。フォアグラのソテーだ。

小栗は話すのをやめた。鮑《あわび》のあとにステーキと旬彩。口は食べるだけに使った。


「生臭い話はここで済まそう」

石井が言った。

六本木のバーに移ったところだ。カウンターにならんでいる。ブラウンカラーを基調にした、おちついた雰囲気の店だ。先客らは静かに飲んでいる。

初老のバーテンダーがキープボトルのバランタインで水割りをつくる。

ひと口飲んで、石井が顔をむけた。

「あんた、何の担当だ」

ようやく地を見た。目つきが別人になった。

「賭博、薬物、部署の事案はなんでもやる」

「錦山の容疑は……まさかドラッグとは言わないだろうな」

「どうして」

「初対面も同然の俺にほんとうのことを話すとは思えん。俺は、あんたが訪ねてくるとは思ってなかった。つまり、あんたにとって錦山は被疑者だった」

「なるほど」グラスを傾けた。「教えれば、続きがあるぞ」

「警察の犬にはならん。が、警察にまつわりつかれるのはうっとうしい。きのうもいきなり会社を訪ねてきて、仕事の邪魔をされた」

「誰が来た」

「警視庁の山田……錦山のケータイのアドレスに俺の名があったそうだ。それだけじゃない。俺の素性を調べたうえであらわれた」

「古傷に塩を擦りつけられたか」

「そんなことは慣れてるが、痛くもない腹をさぐられるのは癪《しゃく》にさわる」

「俺も捜査本部に加わってる」

小栗は煙草をくわえ、ライターで火をつけた。

「だとしても、俺を訪ねたのは事件の前だ」

「いいだろう」煙草をふかした。「俺は賭博事案をかかえている。偶然だが、捜査線上に被害者があらわれた」

「事件の背景にあんたの事案があるわけか」

「可能性のひとつだ。無関係とわかれば被害者は忘れる。捜査本部の事案に首を突っ込むほど酔狂者じゃない」

石井が頬杖をついた。

「星の中の話はほんとうか」

「ああ。六本木のクラブで会った。口説いたのもほんとうだ。その翌日、捜査事案の関係者に訊問をかけた。で、そいつが錦山の名を口にした」

よどみなく喋った。安心感がある。

「単純賭博ではなさそうだな。錦山が違法なギャンブルをやるとは思えない」

「推測は否定せん。が、俺の事案で話せるのはここまでだ。あんたと被害者がおなじ穴の狢《むじな》ってこともありうる」

「そっちは邪推だ」石井がきっぱりと言う。「やくざも絡んでるのか」

「賭博にやくざは付きものだ。いまのところ、影すら見えんが」

「てことは、マル暴担当は動いてないんだな」

念を押すようなもの言いだった。

「それがどうした」

「気がむいたら、くわしく教えろ。俺がさぐりを入れてやる」

「犬にはならないんじゃなかったのか」

「俺のためよ。うっとうしいとも言った。あんたとは仕事ぬきで遊びたい」

「もの好きな男だな」

「俺は自分の目と勘を信じる。ときどき、しくじるが……」水割りで間を空ける。「飛んでる話だが、錦山の身辺からドラッグはでたのか」

「自宅で押収された。聞いて、笑った。被害者は、なんでもあるよと……向精神薬が何種類もあった」話している間にひらめいた。「そのことで問い詰められたのか」

「ああ。グレていた一時期、ドラッグでも警察に目をつけられた。警察データは何年経てば消えるんだ」

「罪を償っても犯歴は死ぬまで消えん。いや、死んだあとも残る」

「子どもが迷惑だ」

「いるのか」

「犯歴データが消えたら考える」

「山田はドラッグを気にしていたのか」

「わからん。が、古傷につけ入るのはあんたらのやり方だろう」

「人にもよる」

そっけなく言った。ふかしたあと、短くなった煙草を灰皿に消した。

「被害者の年俸は千八百万円だった。そんなもんか」

「さあ。他人の懐には興味がない」

「その懐だが……三つの口座の合計残高は八千万円を超えていた。これをどう思う」

税金をどれほど引かれたのかわからないが、会社設立以来の五年分の収入とほぼ同額である。それが気になる。ほかにも疑念がある。約四千万円はひとつの銀行に預けてあったが、その口座には振込による入金がなく、自分で預金していた。しかも、別の二行にはその金額に見合う入金がなかった。隠し口座から移し替えたか。なんらかの報酬を現金で受け取り、自分の口座に預けたか。

「あんたの事案に関係したカネ……そう思うのか」

「まあな。被疑者死亡で落着なのだが、捜査本部に入れられたせいで引きずってる」

「楽になりたきゃ、すべて吐け」

石井があおるように言った。

小栗はグラスを空けた。

「生臭い話はここまでだ。まだ、片方をゴチになってない」

石井が笑顔を見せた。

「女の好みは」

「となりに座る女を口説く」

「正面に座る女も相手にしろ」

石井がウェーターにクレジットカードを手渡した。プラチナだった。


ひどい二日酔いだ。あのあとクラブ『ネネ』に連れて行かれた。『フラミンゴ』の武蔵店長が入ったという店だ。相棒の福西から報告を受けて『ネネ』の支配人に会うつもりでいたが、機会がなかった。店内で事情聴取はできない。遊びの場で野暮なまねをすれば石井に失礼だ。石井は『ネネ』の常連客のようだった。黒服が次々と挨拶に来た。席についたホステスは皆、たのしそうだった。日付が替わって、『ネネ』のホステス三人とナイトパブで遊んだ。石井に送られて帰宅したときは夜が明けていた。

雑踏に苛々する。渋谷駅前のスクランブル交差点は地面が見えないほどだ。ハチ公広場の喫煙スペースで煙草をふかしている。すこぶる不味《まず》い。舌がざらざらする。頭はずきずきしている。神経がささくれていなければ喫わなかった。

「遅くなりました」

声がして、ふりむいた。福西だ。

煙草を灰皿に投げ入れ、歩きだした。渋谷センター街のほうへむかう。

「寝不足ですか」福西が訊いた。「顔色が悪いですよ」

「うるさい」

「機嫌も悪いのですか」

「黙ってろ」

「それでは仕事になりません。どこへ行くのですか」

「コーヒーショップだ」

福西には「渋谷にこい」とだけ告げた。昼間に『ブライト・ライフ』を訪ねた。錦山に関する情報がほしかった。収穫はなかった。警察に応対している矢野という専務が不在だったせいもある。ホワイトボードを見て、気持が動いた。〈セミナー〉と〈面談〉ばかりだった。頭の片隅にはマルチ商法がある。

――合コンは三十人くらい……クラブに行ったのは八人でした――

――ほかの連中は帰ったのか――

――わかりません。クラブに移動したのは女が三人、男は五人……富田とぼくは富田の知り合いの子に声をかけられて……ほかの男も女に誘われたそうです――

――合コンも六本木か――

――はい。ミッドタウン近くのダイニングバーで、二時間の貸切りと聞きました――

坂本との会話中にひらめいたことがよみがえったのだった。『オフホワイトボード』には〈2：00　渋谷センター街『オフタイム』〉と書いてあった。『オフタイム』はコーヒーショップだ。〈面談〉の欄には吉祥寺と御茶ノ水の地名とコーヒーショップの店名も記してあった。渋谷が近い。それだけの理由で選んだ。

そのことを簡潔に話した。

「きょうは被害者の通夜なのに……仕事ですか」

「そんなもんだろう」

商業ビルに入った。階段で地下に降りる。二時五分前だ。

フロア中央の楕円形のテーブルには十四、五人が座れる。それを囲むようにして二人掛けと四人掛けのテーブル席がある。八割ほどの入りだ。

小栗は二人掛けの席に腰をおろし、店内を眺めた。若者ばかりだ。楕円形のテーブル席の大半はひとり客のようで、ノートパソコンを開いているのが目についた。

福西がトレイを運んできた。アイスコーヒーと灰皿だ。煙草が喫える。

「どの席でしょうね」

福西が小声で言った。

小栗は首をふった。それらしい客は見あたらない。

シロップをおとし、ストローをくわえた。いやな味がした。二日酔いのせいか。すすぐように水を飲み、煙草を喫いつける。

自動ドアが開いた。

「あっ」

福西が声をもらした。

小栗は目をぱちくりした。入って来た男は見覚えがある。六本木のクラブ『Gスポット』にいた三人連れのひとり、小栗の質問をさえぎった男だ。

小栗は顔のむきを変え、目の端で男の姿を追った。

男が楕円形のテーブル席に着いた。笑顔だ。黒っぽいスーツにネクタイをしている。二十代後半か。サラリーマンに見えるが、どこか異なる。先入観のせいではない。会社に勤めているという雰囲気が感じられなかった。

「お待たせ」声もあかるい。「たのしみにしていました」

「どうも」

声をかけられたほうが答えた。こちらは二十代前半か。色白で、まじめそうだ。格子柄のボタンダウンにジーンズ。椅子にブルゾンを掛けてある。

見覚えのある男がドリンクを取りに立った。

「近づきますか」

「やめておけ」

すこし距離がある。周囲の耳を意識して話すようになれば声は届かないだろう。だが、『ブライト・ライフ』の仕事に興味があるわけではない。マルチ商法の勧誘現場を目撃したところで、警察官はなにもできない。民事不介入の原則がある。それにかかわった誰かが被害届を提出し、警察がそれを受理しないかぎり動けないのだ。

ふたたび会話が始まった。雑談のようなやりとりのあと、スーツを着た男がバッグから封筒を取りだし、テーブルに用紙をひろげた。

声が聞き取りづらい。スーツ姿の男の目が熱を帯びたように見える。一方的に話している。相手は頷き、ときどき用紙を指さした。説明を求める仕種に見えた。

小栗は煙草をふかしながら眺めていた。頭痛が続いている。

そとに出た。排気ガスにまみれた空気でも美味く感じる。先刻よりは人混みも気にならなかった。若者らはまだ店内にいる。

小栗はガードレールに腰を預け、背伸びをした。

「出てきたら職務質問《シヨクシツ》をかけるのですね」

傍らに立ち、福西が訊いた。

「かけてどうする。マルチ商法でパクるのか」

「被害者との関係を知りたいでしょう」

「素直に話せばいいが、そうでなければ警戒される。やつが勧誘マンなら組織に属しているはずだ。その組織には錦山も絡んでいたと思う。Gスポットで、やつの連れは、錦山を先生と言った」

「では、どうするのですか」

「やつを尾ける。どうするかは、そのあとだ」

「相手のほうは」

「おまえが尾けろ。素性をつかんでおけば、役に立つときがあるかもしれん」

福西が頷いた。

十五分ほどして商業ビルから若者二人があらわれた。

「行くぞ」

小栗は腰をあげた。

ブルゾンを着た男が渋谷駅のほうへ歩きだした。スーツ姿の男は動かない。

福西が離れる。

数秒のあと、おなじビルから女が出てきて、スーツ姿の男に近づいた。

すぐにわかった。パソコンを開いていた客のひとりだ。三十歳前後か。

「うまくなったわ」

女の声が聞こえた。

小栗は携帯電話にふれた。福西の声がした。

「急いで戻ってこい」

返事を聞かずに切った。

男と女が言葉を交わしている。女は笑顔だ。男の顔は見えない。

福西が二人を避けるようにして戻って来た。

「あの人……」

耳元で言った。福西も気づいたのだ。

「おまえは女を追え。絶対に見逃すな」

言いおえる前に、二人が離れた。おなじ方角だが、女が先を歩く。

京王井の頭線の電車に乗り、明大前駅で下車した。土曜ということもあるのか、人通りがすくない。前を行く男は脇道に入った。古い民家やアパートがめだつ。男は二階建てアパートのメールボックスを開けた。

小栗はすっと近づいた。メールボックスのネームプレートを見る。

「長島《ながしま》さんか」

男がふりむいた。

「なんですか、いきなり……あなたは誰です」

「憶えてないのか」

「えっ」

「特技は人を騙《だま》すことだけか」

「なんてことを」

「ほれ」警察手帳をかざした。「六本木のGスポットでは邪険にされた」

「あのときの……」

目も口もまるくなった。

「部屋で話そう」

「なにを」

「訊きたいことがある……そう言えばわかるよな」

女が登場したことで作戦を変更した。長島に警戒されたとしても、女を使える。

小栗は長島の二の腕をつかんだ。

長島は顔をしかめたが、あらがわなかった。

キッチンをぬけ、部屋に入った。六畳ほどか。フローリングの床に座卓がある。一面の壁には書棚とラックがならび、書物は整頓されていた。別の壁にアイドルグループのポスターが貼ってある。顔は見覚えがあるけれど、グループ名はわからない。その下に三十インチほどのテレビとＤＶＤプレーヤーがある。こぎれいな部屋だ。

長島がカーテンを開け、窓の把手に手をかけた。

「閉めておけ」

「何なのですか、いったい」

長島が声をとがらせた。

「質問するのは俺だ。座れ」

長島が胡坐をかいた。不機嫌をむきだしにしている。

「どうしてここがわかったのですか」

「自分で考えろ」

言って、煙草をくわえた。座卓の灰皿に吸殻がある。

「尾行したのですか」

「偶然見かけた」煙草をふかした。「俺は記憶力がいい」

「ほんとうでしょうね」

さぐるような目つきともの言いだった。

「ところで、きょうは何の日だ」

「えっ」

「おまえらの先生の通夜だ」

長島の表情が強張《こわば》った。

「被害者のことで訊きたいことがある」煙草で間を空けた。焦らすのは常だ。「殺された錦山怜奈との関係を言え」

「知り合いです」

「なんの先生だ」

「……………」

長島がうつむいた。

小栗は右手の指をつかんだ。関節に圧力をかける。

長島が声をもらし、顔をゆがめた。

「折れるぞ」

「ぼくの研究で……お世話になりました」

「研究だと……身分証を見せろ」

手を放し、煙草をふかした。

長島がバッグから財布を取りだし、身分証を座卓に置く。

「大学院生か。何の研究だ」

「インターネット・ワークの可能性を研究しています。会社に勤めなくても、いつでも、どこでも、仕事ができる。それがネットビジネスの利点です」口が滑らかになった。「既存の通販やネット販売は不特定多数の人を相手にものを売る。それでは人件費を抑えることができても、固定客依存で、安定した商品販売はむずかしい。ぼくは、インターネットを活用し、リスクのすくない、安定した収入をめざしています」

「わかりやすく話せ」

「まずは、良質の商品をグループで確保する。並行して、グループの一人ひとりが独自のグループを作る。そのグループでもおなじことをする」

「ネズミ講だな」

「まったく違います」長島が声を強めた。「ネズミ講は末端になるほど商売として成り立たなくなる。そもそも末端が割を食うのを前提に組まれている。ぼくが考えるのは、参加した全員に利益が行き渡る方法です。そのためには常に新商品をかかえておく。商品ごとにグループを分ける方法もある。複数の商品が特定多数の人に流通する状態を保てば誰かが泣きを見ることはない」

熱く語ろうとも、小栗は納得しなかった。

長所を強調し、短所を隠す。リスクについては口が裂けても言わない。それで相手を洗脳する。マルチ商法にかぎらず、詐欺商法の常套《じょうとう》手段である。

だが、訊いているうちにどうでもよくなった。

「被害者はそれを実践していたわけか」

長島が首をふった。

「もっと上の人でした。あの人のアイデアは斬新で、とても勉強になりました」

「研究だけじゃない」小栗は睨《にら》みつけた。「自分でも実践してる。違うか」

長島の瞳がゆれた。

「ぼくを……見張っていたのですね」

「偶然と言ったはずだ」

「いつ……」

語尾が沈んだ。

「気になるのか。やましいことでもしてたのか」

「してません。なんの容疑でこんなまねを」

「質問は受けつけん」

「警察に訴えます」

長島の声に力が戻った。

「やれ。その前に別件で引っ張る」

「はあ」

「おまえもドラッグをやってるだろう」

「冗談じゃない」声がうわずった。「ぼくはやっていません」

「被害者がやっていたのは知ってた」

「………」

「正直に話せ。Gスポットで、被害者は飛んでいた。俺と被害者のやりとりを聞かなかったとは言わさん」

「そうではないかと思ったことはあります」

また声が弱くなった。

「被害者とはよく遊んだのか」

「二か月に一回程度……セミナーのあと、仲間と誘われて」

「そのたび被害者は飛んでいた」

「いいえ……おかしいと思ったのはGスポットにいるときだけです」

「間違いないか」

長島が頷いた。自信がなさそうだ。思い直したように顔をあげた。

「訊問が長引くのなら、電話をかけたいのですが」

「警察か。仲間に相談するのか」

「友だちの弁護士に」

「かけろ。俺が話してやる」

長島が目をむいた。口も半開きになった。

「どうした」

「あとにします。あなたの名刺をください」

「その前に、ケータイを見せろ」

口をもぐもぐさせたが、バッグから携帯電話を取りだした。スマホだった。

「ガラケーのほうだ」

こんどは素直に従う。

小栗は、携帯電話のアドレス帳を開いた。すべて見た。錦山怜奈は登録してある。『ブライト・ライフ』はなかった。個人としてのつき合いだったようだ。

手帳に二つの携帯電話の番号とメールアドレスを記した。あとで通話記録を取る。

「チヅルは登録してないのか」

「えっ」

「Gスポットにいた。被害者と帰った女だ」

「クマガイさんですか」

「熊に谷か」ペンを動かした。「連絡先は」

「知りません」

「被害者との関係は……かなり親しそうに見えたが」

「そのとおりです。ぼくはあの日が三度目でしたが、熊谷さんといるときの錦山さんは上機嫌で、実の妹のようにかわいがっていました」

「ブライト・ライフの社員か」

「いいえ。プライベートなつき合いで……そう、青山のブティックに勤めていると」

「店の名は」

「知りません」

「あのとき一緒にいた仲間はどうだ」

「知らないと思います。へたに接近すれば、錦山さんに嫌われますからね」

長島が薄く笑った。もの言いにも余裕がでてきた。

「最後の質問だ。今週火曜の夜は、どこで、なにをしていた」

「友だちと遊びました」

「名前は……住所と職業も教えろ」

復唱しながら、ボールペンを走らせた。


青山公園に近い寺の待合室には四、五十人の弔問客が静かに待っていた。まもなく錦山の葬儀が執り行なわれる。

小栗は、待合室を見渡したあと、そとに出た。捜査本部の連中の視線がめざわりだ。見知った顔もいるが、声をかけられるのはうっとうしい。捜査会議にはきのうまでの四日間で三度しか顔をださなかった。自分を意識する者はいないだろうが、敷鑑班でもないのに葬儀場に来た理由を訊かれるかもしれない。

建物の脇の喫煙スペースで煙草をふかした。携帯電話がふるえた。

「はい、小栗」

《福西です。いま、到着しました。どんな状況ですか》

「待合室に参列者が集まっている。ざっと見て離れろ。同業が五、六人……麻布署の連中もいる。面倒にはするな。それと、受付の若い女たちも確認しろ」

《承知しました》

通話が切れた。

福西とは渋谷で別れたあと会っていない。きのうは明大前駅から電車を乗り継いで六本木に戻った。麻布署には寄らずにネットカフェ『フラミンゴ』に直行した。監視中の南島に休憩を取らせるためだった。午後十時にふたたび南島と交替し、帰宅した。

その間に福西から連絡があった。渋谷にいた女は歩いて宮益坂へむかい、坂の途中のビルに消えた。『ブライト・ライフ』が入っているビルだった。福西には女の尾行を続けさせた。『ブライト・ライフ』の社員とは断定できない。

けさも福西から連絡があったが、報告は聞かずに、指示だけをだした。署内にいたので周囲の耳が気になった。

三十分ほど経って、福西がやってきた。坂本も一緒だ。

小栗は、坂本に話しかけた。

「どうだった。いたか」

「俺の友だちを誘った人は見かけませんでした。でも、合コンで見た人がいます」

「受付にいました」福西が言う。「山辺《やまべ》優衣《ゆい》……ブライト・ライフの社員です」

「本人に確認したのか」

「案内の腕章をつけた男から聞きました」

「捜査本部の連中に睨まれなかったか」

「死角になるところで」

福西がにっこりした。自慢そうな顔は見飽きた。

小栗は、坂本に視線を戻した。

「ご苦労だが、葬儀がおわるまで続けてくれ」

坂本の表情がくもった。

「もうむりは言わん」

「ほんとうですか。解放してくれるのですね」

「そのつもりだ」

曖昧に言った。約束に反故《ほご》は付きものだ。福西にも声をかけた。

「めだたぬように……くれぐれも捜査本部の連中の気を引くようなまねはするな」

「まかせてください」

福西が坂本をうながし、踵を返した。

自動販売機で冷茶を買い、煙草に火をつけた。くわえ煙草でペットボトルのキャップをひねる。動きが止まった。門のほうから女があらわれた。

小栗は煙草を灰皿に投げ捨て、ペットボトルを地面において、女に接近した。

「千鶴さん……熊谷千鶴さんですね」

女が足を止めた。怪訝そうな顔をしている。

「お忘れですか。六本木のGスポットで……錦山さんと一緒にいました」

「ごめんなさい。憶えていません。急ぎますので……」

「待ってください」警察手帳を示した。「お話を伺いたいのですが」

「仕事をぬけだして来たのです」

「十分ほどで済みます。それとも、あらためてお店を訪ねましょうか」

千鶴が眉をひそめた。

「わかりました。焼香を済まさせてください」

「ここで待っています」

千鶴が足早に去った。

青山通沿いの喫茶店に入った。

小栗はコーヒーを、千鶴はロイヤルミルクティーを注文した。

「お店は近くですか」

「ご存知なのでしょう」

「知りません。青山のブティックとしか……教えてください」

千鶴があきれたように目をまるくし、口をひらいた。

「メディテラネです」

「どういう意味ですか」

手帳に書きながら訊いた。

「地中海……フランス語です」

「運転免許証か保険証を持っていますか」

「いったい……これは取り調べですか」

抗議のまなざしになった。

「事情聴取です。あなたは被害者と親しい仲だった。そうですね」

「ええ」

「では、身分を証明するものを見せてください」

千鶴がポシェットの口を開けた。運転免許証をテーブルに置く。

同時に、ウェートレスがドリンクを運んできた。

小栗は、運転免許証の氏名、生年月日、住所を書き写した。裏を確認する。

「変更事項はありませんか」

「ないです」

千鶴がティーカップをソーサに戻した。

「被害者とはどういう関係でしたか」

「お店のお客様で……食事に誘われたのがきっかけで、それ以来、月に一、二度、遊びに連れて行っていただきました」

「あまえてましたね」

「えっ」

「Gスポットを出るときです」

「ああ……お酒が入るとつい……姉のような人でした」

途切れ途切れに言った。

あなたもドラッグをやるのですか。訊きかけて、やめた。

「被害者の仕事は知ってますね」

「はい。ネットビジネスの会社の経営者です」

「会社に行ったことは」

「ないです」

「社員を知ってますか」

千鶴が首をふった。

「仕事の話はしなかった。わたしも訊きませんでした」

「被害者とはプライベートな仲だった……被害者の自宅に行ったことは」

「あります。何度か」

「今週火曜の夜はどちらに」

「何時ごろでしょうか」

「十時から十二時の間です」

「火曜は遅番で、十時までお店に……そのあと同僚とショットバーで飲みました」

「事件を知ったのは」

「つぎの日、お店で……店長に教えられ、びっくりしました」

「被害者の会社に連絡しなかった」

「しても……知り合いがいないので」

「では、葬儀のことは」

「店長がブライト・ライフに電話をかけました。わたしに参列するようにと……そうでなくても行くつもりでしたが」

「結構です。ありがとうございました」

千鶴が息をつき、運転免許証をポシェットに仕舞った。

大学院生の長島の供述との齟齬《そご》はない。うそをついているようには感じなかった。

千鶴と入れ違いに福西がやってきた。

喫茶店に着いたとき、福西にショートメールを送っていた。

「誰と一緒だったのですか」

福西がティーカップを指さした。

「千鶴だ。葬儀場にあらわれた。見なかったのか」

「顔をよく憶えていませんでした」

悪びれるふうもなく言い、福西はアイスコーヒーを注文した。

「坂本は帰しました。葬儀がおわるまでに坂本の見知った人物は来ませんでした」

「ひとりでも充分だ」

「山辺優衣に事情を聞くのですか」

「まだ決めてない。とりあえずブライト・ライフに行って本人を確認する」煙草で間を空けた。「きのうの女の報告をしろ」

「谷川愛《たにがわあい》、三十歳。不動産屋で見た書類にはコンサルタントと書いてありました」

女は『ブライト・ライフ』に一時間ほどいたあと、電車を乗り継ぎ、世田谷区豪徳寺のマンションに消えた。そこまでの報告は受けていた。

「データはあったか」

「犯歴データには載っていません。素性を調べましょうか」

「いらん」

そっけなく言った。長島も谷川も捜査の的の枝にすぎない。錦山とネットカフェ『フラミンゴ』の関係が明確になれば事情を聞く。その程度の存在だ。

「オグさんが尾けた男は何者ですか」

「大学院生……インターネット・ワークの研究をしているそうだ」

「本人と話したのですか」

「やつの部屋にあがり込んだ。女があらわれたからな。保険が増えれば楽だ」

「渋谷の喫茶店でのことは」

「訊かなかった。その話をすれば警戒される。質問は錦山との関係に絞った」

「でも、どう見てもあれはマルチ商法です」

「だとしても、犯罪は成立せん。が、やつらの手口は聞いた。なんの研究かと訊いたら、自慢そうに喋りだした。ネズミ講かと刺激したら、熱弁をふるった。やつらには犯罪意識も罪悪感もないんだ」

「持論をふりかざしてカネ儲《もう》けを……相手は疑ったりしないのでしょうか」

「そういう連中は一次選考でふるいおとす」

福西がこくりと頷いた。

「セミナーや合コンですね。そのあと、脈のありそうな者にアタックをかける」

「長島はひとつのグループのリーダーだな。で、谷川という女はグループのリーダーたちを指導する勧誘のプロ……企業に属さない勧誘マンがいると聞いたことがある」

「ブライト・ライフは勧誘のプロたちをかかえている」

「そんなところだ」

小栗は水を飲んだ。コーヒーはとっくに冷めている。

「フラミンゴに変わった様子はないか」

「おなじです。出入りする客は一日十人前後……徹夜組は三、四人です。きのうは初顔があらわれました。常連客とおぼしき男に連れられて二人……ひとりは二時間ほどで帰りましたが、常連客とひとりは朝の五時までいたそうです」

南島の報告だ。福西は店長の武蔵に張りついている。

「武蔵はどうだ」

「行動パターンは変わりません。午後十一時過ぎに店を出て……」福西が声を切り、目を見開いた。「武蔵は別のケータイを持っています」

「見たのか」

「はい。きのう、店から出てきた直後に……喫茶店で見たのとは色が違います」

「ケータイで話していたのか」

「出てきたときは耳にあてていました。すぐに切り、あとはいつもどおり、食事をしてまっすぐ家に帰りました」

首が傾いた。その携帯電話の発着信履歴を調べたいが、妙案はうかばない。

「もう一度、事情を聞きましょう。その場でケータイの提出を求める」

「話にならん。あぶないケータイを持ってくるはずがない」

「そうですね」

福西が素直に同意した。が、落胆の気配はなかった。

関与を疑った錦山が死亡したからといって、捜査を断念するわけがない。カジノ賭博は多額のカネが動く。警察が摘発し、検事が三億円分の賭博罪で立件したとすれば、実際は三十億円を超えるカネが動いたと推察できる。正確に数字を把握できないのは張り客の多くが捜査に協力的ではないからだ。家族に知られたくない。税務署の目が気になる。協力しない理由は幾つもある。

それはともかくとして、大金が動く賭博罪で摘発すれば高い点数を挙げられる。暴力団が絡んでいれば署長賞ものだ。福西はそれがわかっている。

「係長に期待するか」

思いうかんだことが声になった。

福西が顔を近づいた。

「どういう意味です」

「武蔵がネネで会ったやつの素性が知れた」

おとといの深夜、クラブ『ネネ』の支配人がナイトパブに顔を見せた。常連客への気配りだ。『ネネ』では我慢したが、そのさいに訊問した。支配人がためらいもなく答えたのも石井が同席していたおかげだろう。小栗は短い会話に留めた。

「諸橋悟《もろはしさとる》……麻布信販という会社の社長らしい」

「街金ですか」

「わからん。で、係長に頼んだ。うまくいけば、そっちから武蔵に近づける」

「いいですね」

福西の瞳が輝いた。絵に描いた餅にでも涎《よだれ》を垂らす。うらやましい性格だ。

街路樹の葉は見るたびに緑を濃くしている。夏日になりそうな陽射しだ。

週明けの午前、麻布署裏のカフェテラスで近藤係長と待ち合わせた。小栗は、けさも捜査会議に参加しなかった。

二人で煙草をふかした。

「諸橋悟の素性はわかりましたか」

「犯歴はなかった」近藤が用紙を手にした。「個人のデータだ」

略歴が記されている。四十八歳。目黒区自由が丘に住んでいる。六年前、父親から受け継いだ中古車販売会社を畳み、金融業を始めた。

ざっと目をとおし、顔をあげる。

近藤が口をひらいた。

「オフィスは構えているが、店舗営業はしてない。ネット金融というらしい。上限百万円の小口融資だが利用客が多く、業績は良好のようだ」

「単独ですか、金融機関の系列ですか」

「単独だが、マル暴担はフロントと睨んでいる」

「どこです」

「金竜会の幹部と親しいそうだ」

「四係の情報ですか」

「ああ。だが、うちじゃない。麻布信販の所在地は渋谷区広尾だ。で、渋谷署の知り合いに調べてもらった。ついでに言うと、オフィスと殺人現場は徒歩十分の距離だ」

外苑西通をはさんで麻布と広尾がある。が、興味は湧かなかった。

「うちの四係は諸橋とフラミンゴの関係をつかんでいるのでしょうか」

「どうかな。ここ数日、音沙汰がない」

「連携の話は消えた」

「わからん。だが、俺のほうから打診すれば藪蛇《やぶへび》になる」

近藤が言い、コーヒーを飲んだ。

小栗はマル暴部署のことがひっかかった。

「音沙汰がなくなったのは、殺人事件の前ですか、後ですか」

「あとだ。そうか」近藤が目をしばたたいた。「四係は被害者に目をつけていたと……で、被害者を的にかけたおまえを抱き込もうとした」

「それはないです。四係から要請がきたときはまだ、錦山は俺の頭の中にあるだけで、身辺捜査もしてなかった」

「そうだな」近藤が椅子にもたれて煙草をふかした。「殺人捜査は進展してるのか」

「聞く相手を間違っています。俺は三回しか会議に参加していません」

捜査会議は一日二回、朝と夜に行なわれる。

近藤が苦笑した。

「でも、気になる情報を得ました」

「ん」

小栗は、被害者名義の三つの口座の話をした。

近藤の顔つきが変わった。

「間違いないな。被害者はフラミンゴの経営にかかわっていた」

「俺もそう思います。が、その推察だけでは解明できないカネの動きがある。本人の入金による預金が増えだしたのは去年の秋から……フラミンゴのオープンはことしの二月……賭博の収入でないのはあきらかです」

「自分で入金した額は」

「去年は、九月から不定期に数十万円、百万円単位の入金もありました。三月末は一千万円、四月末は八百万円……こちらはフラミンゴ絡みのカネですね」

「賭博以外の収入で思いあたることはあるか」

「ブライト・ライフの報酬以外ということなら、想像がつきます」

「なんだ」

近藤が身を乗りだした。

「ブライト・ライフの主な業務はネットビジネスのマネージメントですが、その裏で、被害者はマルチ商法にかかわっていた。マルチの企業に依頼されてのことでしょうが、フリーの勧誘マンをかかえていた事実をつかみました。ほかにも……例の坂本は、被害者の仲介でネットビジネスの会社に出資しています」

「多才だな」あきれたように言う。「マルチのほうはいつから始めた」

「わかりません。しかし、去年の秋からということはないでしょう。被害者は三つの口座を使い分けていたと思われます。ひとつはブライト・ライフの収入、別のひとつは企業からの振込が大半でした」

「残るひとつ、四千万円の口座だけが謎か」

独り言のように言い、近藤が腕を伸ばした。

小栗は、自分も煙草をくわえ、ライターを手にした。

「ところで、集金は順調ですか」

「あたりまえだ。俺がその気になれば、署長にメルセデスくらい贈呈できる」

近藤のくわえた煙草の火が上をむいた。


六本木通を歩いて渋谷へむかう。何度も路線バスに追い越された。気にしない。陽気に誘われた。仕事のさなかでもむだな時間をほしくなるときがある。

宮益坂に入り、オフィスビルのエレベーターに乗った。

「いらっしゃいませ」

手前のデスクの女が声を発し、近づいてきた。受付には人がいない。

女の胸のネームプレートに〈山辺〉とある。先日は見かけなかった。

「あなたが山辺優衣さん」

「えっ」山辺がきょとんとした。「どちらさまでしょう」

小栗は警察手帳をかざした。

「麻布署の者です。お話を伺いたくて参りました」

「上司に伝えてきます」

山辺がすぐに戻って来た。

「どうぞ」

「富田さんと会われていますか」

山辺の動きが止まった。

「あのう……わたしになにか。どちらの富田様でしょう」

「あなたが合コンに誘った富田さんです」

坂本は富田に誘われて合コンに参加した。

「どうぞこちらへ」

奥から声が届いた。グレーのスーツを着た女がドアノブに手をかけている。

山辺に目で笑いかけ、応接室に入った。

「矢野と申します」

受け取った名刺には〈専務取締役　矢野翠〉とある。

「お忙しいところを恐縮です」

丁寧に言った。

「とんでもないです。捜査への協力は供養になります」

小栗は頷いた。のんびり構えてはいられない。捜査員と鉢合わせれば面倒だ。

「さっそくですが、被害者は副業を持っていたのですか」

「どうしてそんなことを」

「被害者の、収入と預金残高の帳尻が合いません」

「その話ならきのうも……葬儀のあとで訊かれました。ご存知ないのですか」

「知りませんでした。捜査本部は大勢なので……きょうにでも報告があるでしょうが、よろしければ、自分にも話してください」

「簡単に説明がつきます。社長とわたしは、コンサルタントとして個々にも活動していました。その収入分はきちんと申告しています」

「コンサルタントの報酬は現金で受け取っていましたか」

「いまどきそんな……すべて振込です」

「その分の明細書は」

「きのうの刑事さんが取りにこられるので、わたしの分は用意してあります。社長のほうは経理の者に確認を急がせています」

しっかりとしたもの言いだった。表情も態度もおちついて見える。

「わかりました。もうひとつ……千鶴という人をご存知ですか」

「名字は」

「熊谷さん。生前、被害者が親しくしていた方です」

「ブティックの……知っています」

矢野の声に男のそれがかさなった。ドアのむこうからだ。

「どうしても会って話を……」切羽詰ったような声だ。「ここで待ちます」

ノックのあとドアが開き、山辺が顔を覗かせた。

「対応もまともにできないの」

矢野が叱りつけた。表情が一変している。

「申し訳ありません。接客中とお伝えしたのですが……」

「自分は」小栗は口をはさんだ。「これで失礼します」

返事を待たずに腰をあげた。

受付カウンターの前に男がいる。二十代後半か。顔は紅潮していた。

顔つきと身なりを視認し、通路に出た。

オフィスビルから男があらわれた。顔つきはさらにけわしくなっている。

小栗は男に近づいた。路上で三十分ほど待っていた。

「ブライト・ライフを訪ねた方だね」

「……」

男が睨んだ。

「訊ねたいことがある」

警察手帳を見せた。

「ぼくは……話すことなんてありません」

「それで通用すると思ってるのか」声で凄んだ。「殺人事件の捜査なんだ」

「ぼくには関係ない」

「あるか、ないか、こっちが判断する。応じなければ、署まで同行を求める」

「そんな……」

「時間は取らせない」

言って歩きだした。道路のむこうに喫茶店がある。一刻も早くこの場を去りたかった。

男が出てくるのをひやひやしながら待っていたのだ。捜査一課の連中があの場に居合わせていれば、いまごろ男は麻布署で事情を聞かれていた。

喫茶店に先客はまばらだった。左手の壁際の席に座った。先客らとは距離がある。ウェートレスにコーヒー二杯を注文し、煙草を喫いつけた。路上でも喫いたかったが、ビルの谷間にスペースはあっても、携帯灰皿を忘れてきた。

一服して、男を見据えた。

「苦情か」

「えっ」

「ブライト・ライフにどんな用があった」

「……」

男が顔をゆがめた。口がへの字になった。

小栗は手帳を取りだし、ボールペンを持った。

「あんたの名前は」

「安藤《あんどう》です」

「身分を証明するものを見せなさい」

安藤が椅子に掛けたデイパックのファスナーを引いた。

運転免許証には〈安藤章太郎《しょうたろう》〉とある。平成二年の生まれだ。住所の欄は〈東京都八王子市子安町三－△○－×－二〇四〉と記してある。

「職業は」

「予備校の講師です」

「学校名も」

「確認するのですか」

「俺は忙しい。正直に話せば、むだは省く」

「わかりました。宝富士学院の八王子校で物理を教えています」

小栗はペンをおき、煙草をふかした。

コーヒーがきた。香りが立っている。

安藤が手を動かした。カップがかすかにゆれる。

小栗も飲んだ。フレッシュは要らない。

「話を戻す。ブライト・ライフに何の用があった」

「解約を……商品の買い戻しをお願いに来ました」

「買い戻しとはどういうことだ」

「グループをぬけたいのです。教えられたノウハウどおりにやったつもりだけど、うまくいかなくて……そのうえ、ぼくが誘った人に威《おど》される始末で……」

「威されたのか」

「はい。その人も商品の買い戻しを……それだけではなく、慰謝料も要求されました。自分が在庫をかかえてひいひい言っているのに……冗談じゃない」

小栗は煙草で間を空けた。大学院生の長島の話を思いうかべる。

「順を追って訊く。あんたは誰から商品を買った」

「別のグループの人です」

「知り合いか」

「大学の先輩です。その人の紹介でブライト・ライフの錦山さんに会い、ネットビジネスの仕組みを教わり、興味を持ちました」

「商品はブライト・ライフが扱ってるのか」

「違います。ぼくがまとめて購入したのはサプリメントで、製造・販売は別の会社なのですが、流通業務をブライト・ライフに委託していると聞きました」

「契約はどっちだ」

「製造・販売の会社です。でも、その会社は相手にしてくれません。客の苦情や相談もふくめて、ブライト・ライフに業務を委託していると……」安藤がため息をつき、思い直したように顔をあげた。「殺されるかもしれません」

「なんだと」声がうわずった。「そういう状況なのか」

「商品の買い戻しと慰謝料を要求しているのは代理人です。ぼくが誘った人に依頼されたと……委任状を見ました」

「やくざか」

「わかりません。名刺には……」

声を切り、安藤がデイパックに手を入れた。

渡された名刺を見た。〈ＹＫ信用調査　主任調査員　日高直人《ひだかなおと》〉とある。

住所を見て、目をまるくした。〈渋谷区広尾四丁目×－〇△－四〇一〉とある。けさ、近藤係長に聞いた『麻布信販』の所在地も広尾だった。

「これは預かる。いいか」

安藤が頷くのを見て言葉をたした。

「殺すぞとか……威し文句を言われたか」

「いいえ。でも、身のすくむような目つきで、凶暴そうな顔でした」

「慰謝料は幾らだ」

「三百万円です。それに、商品の購入代金が六十万円」

「期限は切られたか」

「はい。今月末までに一括して支払えと」

「この男に」名刺を指さした。「依頼したやつと話をしたか」

「しました。でも、まかせたからと……」

安藤の視線がそれた。

「どうした。なにか思いだしたのか」

「その人、妙なことを……自分が依頼したのではなく、電話がかかってきたそうです」

「日高からか」

「名前は聞かなかったけど、ＹＫ信用調査という会社の者で、マルチ商法にひっかかった人たちを救済する仕事をしていると言ったそうです」

「ん」眉根が寄った。「依頼者の状況を……商品を購入し、グループに参加したものの、うまくいってないことを、知っていた」

「ええ」声が沈んだ。「そういうことですよね」

小栗は水を飲んだ。咽が渇いている。あたらしい煙草に火をつけてから話しかけた。

「ブライト・ライフの誰と話した」

「専務の矢野さんです」

「何度目だ」

「きょうが初めてでした。代理人が家に来た翌日に錦山さんに連絡し、会う時間をつくると言われたのですが……亡くなられて……葬儀がおわるまではと……」

「あんた、人が良すぎる」

本音がこぼれた。騙されたあげく、威されたんだぞ。さすがに言えない。

「専務はどう答えた」

「善処すると……でも、契約上、買い戻しには応じられないとも言いました」

「応じなくて、どう善処するんだ」

きつい口調になった。矢野にも安藤にも腹が立つ。

「日高に会って、きっぱり拒否しろ」

「そんなこと……ほんとうに殺されます」

「殺されろ。それは冗談だが、一発二発、殴られろ。で、俺がパクってやる」

痛い思いをすれば懲りるだろう。そのひと言も声にしなかった。

煙草をふかすたび胸がひりひりする。


麻布署に戻るや近藤係長に声をかけ、五階の取調室にむかった。

「お願いです。力を貸してください」

「しおらしい台詞も使えるのか」近藤が目を細めた。「なにがあった」

小栗は、先刻の安藤とのやりとりをかいつまんで話した。

「ネットカジノに殺人、マルチ商法のつぎはやくざの登場か。おまえも大変だな」

茶化すように言い、近藤が煙草をねだる。アルミの灰皿とお茶のペットボトルは持ち込んだ。生活安全課専用の取調室だから自由が利く。

小栗は煙草のパッケージとライターをデスクに置いた。

「麻布信販とYK信用調査を調べてください」

悪い予感はよくあたる。二つの会社はおなじマンションにあった。

「つながってる……ガキでもそう思うよな」近藤が他人事のように言う。「わかった。渋谷署の知り合いに頭をさげてやる。で、おまえはどう動く」

「ブライト・ライフの周辺をさぐります。安藤の話を聞くかぎり、YK信用調査は同様の手口でマルチ商法の被害者に接触していると思われます。マルチにかかわる人物のリストと、その連中の状況を把握したうえでのことでしょう」

「単なる個人情報の流出ではないという読みか」

小栗はおおきく頷いた。

「ブライト・ライフが管理する個人情報だけなのか、ネットビジネス全体のものなのか……同業種の企業は互いの情報を共有していると聞いたことがあります」

「カモリストか」

かつて訪問販売や通信販売の会社は、連携して〈カモリスト〉なる資料を作成した。資産や家族構成から個人の性格まで記し、顧客をAからEの五段階に分けた。Aの自宅には連携する会社の者が次々と押しかけたという。

「その、被害者救済版かもしれません」

「となれば、それを承知のうえで個人情報を流しているとも考えられるな」

「その可能性が高いと思います」

近藤が椅子にもたれ、腕を組んだ。点数がちらつきだしたか。

小栗はお茶を飲み、煙草をふかした。

「賭博事案とつながりそうか」

近藤が訊いた。

「キーは錦山ですね。錦山の人脈と行動、カネの流れを解明できれば……」

「暴力団が絡んだネットカジノと悪徳商法の輩を摘発し、おまけに殺人犯を逮捕すれば、警視総監賞をもらえるぞ」

「係長は二階級特進です」

「警視か。いいね」

近藤が満面に笑みをひろげた。

小栗は肩をすぼめた。豚よりも始末に悪い。サルスベリの木にも登りそうだ。

「人手をかけるか」

「まずいでしょう。おおっぴらに動けば、捜査一課にマル暴部署、組織犯罪対策の特殊詐欺担当のやつらまでちょっかいをだしてきます」

「しかし……」近藤が眉をひそめた。「的がひろすぎる」

「的はひとつ。錦山とフラミンゴがつながらなければ、夢は諦めてください」

「ばかもん。見たばかりの夢だぞ。なんとしても手がかりを見つけろ」

「はいはい」おざなりに返した。「渋谷署の協力次第で、拳銃の携帯をお願いします」

「二度と持たないんじゃなかったのか」

そう言ったのは憶えている。威嚇発砲の銃弾が相手の太股を撃ちぬいた。覚醒剤所持の被疑者がナイフをふりかざしたので正当使用を認められ、処罰をまぬかれた。が、人を撃った感触は残った。射撃には自信がない。

「やくざを殴れば手が腐ります」

「いいだろう。ひさしぶりに一杯やるか」声音が変わった。「ゴチになってやる」

「やることをやってからにしてください」

「どうした。遊び好きのおまえが……職務に燃えてるのか」

「ばかなことを言わないでください。どいつもこいつも自業自得……そんな連中の尻拭いをさせられて、迷惑してるんです」

「そんなふうには見えんが。これから、どうする」

「捜査会議を覗きます。ブライト・ライフの情報を拾えるかもしれません」

「それなら諦めよう」

「渋谷署の知り合いに会うのなら花摘を使ってください」

近藤を何度も連れて行った。陽気な酒で、歌は上手《うま》い。井上陽水の曲を好み、たまに、ちあきなおみの曲をしんみりと歌う。

「おまえのツケか」

「払う気はないでしょう」

「気はあるが、おまえの顔を立ててやってる」

「そりゃどうも」

投げやりに言った。

薄暗い階段を降り、捜査本部の部屋に入った。

目が合うなり、男が突進してきた。捜査一課の山田だ。顔と名前は一致するが、挨拶すら交わしたことがない。麻布署の岩屋が山田のあとを追う。岩屋とは六本木の酒場での傷害事案で連携した。

山田に腕を取られた。

「出ろ」高飛車に言う。「話がある」

山田の顔はひきつっている。

小栗は黙って従った。階段の踊り場に連れて行かれた。

襟首をつかまれ、壁に押しつけられる。

「なんで隠した」

「何の話だ」

「とぼけるな。さっき、六本木のＧスポットの店長から聞いた。あんた、被害者と面識があったそうだな。そのうえ、事件発生の翌日にGスポットへ行き、顧客ファイルを持ち去った。被害者のデータだ」

「泥棒みたいにぬかすな」

「なんだと」

「こっちの捜査だ。被害者は俺の的だった」

「どんな事案だ」

「言えん。捜査がぱあになる。俺らの捜査は地味でな。おまえらみたいに、おおきな面をさげて被疑者と面とむかうわけにはいかんのだ」

「ふざけるな」

顔に唾がかかった。

「放せ」

「うるさい」山田が手に力をこめた。「それだけじゃない。ブライト・ライフから抗議の電話があった。敷鑑班でもないくせに。たかが応援の分際で……」

「言いすぎです」

岩屋が言った。

それを無視し、山田がさらに顔を近づける。

小栗は左手で山田の手首をつかむや、外側に捻《ひね》った。山田の身体が傾く。右の肘を張った。鈍い音がした。山田がうめき、膝を折る。すぐに体勢を立て直した。

「きさま」

山田が拳を突きだした。あっさりかわし、膝蹴りを見舞う。山田がつんのめり、壁に頭を打ちつけた。

「そこまでだ」岩屋が声を張った。「小栗、やめろ」

靴音が聞こえる。複数だ。

「おい」

頭上から声がした。捜査一課強行犯五係の内川係長だ。本庁管理官の顔も見えた。

「すみません」岩屋が言う。「ボタンの掛け違いのようなもので……もう収まりました」

「そうは見えんぞ」

言っても、内川は階段を降りてこない。管理官は眉をひそめている。

「のちほど報告します」

小栗は言った。

年配の男が内川の耳元でささやいた。麻布署の者だ。内川が頷いた。

「会議がおわってから話を聞く」

管理官が踵を返し、皆が姿を消した。

山田はうずくまっていた。口から血が垂れる。山田が唾を吐いた。コトッと音がして、なにかが転がった。赤い塊だった。

生活安全課のフロアに戻り、近藤係長がいないのを見て医務室へむかった。

山田はベッドの端に腰を掛け、タオルでくちびるを冷やしていた。

小栗は丸椅子を山田の前に置き、話しかけた。

「聞きたいことはあるか。治療費代わりに教えてやる」

山田が口をひらいた。タオルはそのままだ。

「Gスポットの店長に、チヅルという女のことを訊いたそうだな。その女もあんたの事案に関係があるのか」

「おまえはどうしてチヅルのことを」

「被害者の部屋で写真を見た。被害者の妹に訊いたが、チヅルとしかわからなかった」

「熊谷千鶴。ブティックに勤めている」

「会ったのか」

「ああ。葬儀場にあらわれた」

「芳名帳には名前がなかった」

「遅れて来た。Gスポットの店長に聞いたと思うが、千鶴の顔は見ていた」

「そのとき、被害者と話したそうだな」

「ああ。ドラッグをやってるように見えたので、声をかけた」

山田が目で先を催促した。

「惜しいところで、店長に邪魔された」

「あんたの事案は」

「賭博だ。被害者は胴元とつながっている疑いがあった。話せるのはここまでだ」

「被害者は殺された。それでも捜査を続けるのか」

「もちろんだ。錦山の身辺捜査もやる。カネの流れが気になるからな」

「四千万円のほうか。それでブライト・ライフの矢野専務に事情を訊いた」

「そんなところだ」

「矢野はどう言った」

「簡単に説明がつくと……被害者と矢野は、ブライト・ライフとは別に、それぞれがコンサルタントの仕事をしていたそうだ」

山田の瞳が端に寄った。思案する顔だ。

「どうした」

「その収入なら振込だろう。あの口座のカネは自分で入金していた」

「なるほどな」

小栗はとぼけた。頭が切れるじゃないか。そう言ってやる義理はない。

「ほかに、なにをつかんだ」

山田のまなざしが痛い。

「おい」目元を弛めた。「歯は一本だろう。ほかも折られたいのか」

山田が目を見開いた。タオルがはずれる。くちびるが腫れあがっていた。

★　　★

山田は、青山骨董《こっとう》通沿いの喫茶店に入った。岩屋が一緒だ。コーヒーが運ばれてくる前に熊谷千鶴もやってきた。ブティックは近くにある。

「刑事さんには葬儀のあとで話しました」

熊谷が不満そうに言い、ウェートレスにロイヤルミルクティーを注文した。

「自分らは錦山さんが殺害された事件の担当です」

山田の返答に、熊谷が目をしばたたいた。

「では、あの方は」

「生活安全課の者です。彼はどんな質問を」

「錦山さんとの関係を……錦山さんが殺された時刻のアリバイも訊かれました」

「それだけですか」

「ええ」

山田は首をかしげた。訊問の量がすくない。賭博事案に熊谷はかかわってないとの判断なのか。だから、小栗は熊谷に関する情報を自分に教えたのか。疑念は脇に置いた。

「被害者と親しかったそうですね」

「はい。先日の刑事さんにも話しましたが、かわいがっていただきました」

「いつごろからのつき合いでしたか」

「錦山さんは店のお客様で、去年の夏、食事に誘われたのがきっかけでした」

「被害者の部屋に、あなたとのツーショット写真が飾ってあった」

「見ました。お家を訪ねたときに」

言って、熊谷がティーカップを持った。

山田は、飲むのを待ってから話しかけた。

「自宅での被害者はどんなふうでしたか」

「寛《くつろ》いでいるというか、普段は静かな人なんだと思ったことがあります」

「そとで遊ぶときとはイメージが違った」

「ええ。あかるく元気で、周りの人を気遣って盛りあげていたのかもしれません」

「テンションが高かった」

「そんなふうにも見えました。場所にもよりますが」

「それで、ドラッグを」

「えっ」

熊谷が目をまるくした。不意を衝かれたような表情だった。

「被害者はドラッグをやっていたとの情報があります」自宅からドラッグを押収したとは言えない。秘匿事実の漏洩《ろうえい》になる。「知らなかったのですか」

「ええ……ほんとうなのですか」

「心あたりがありそうだね」

山田はさぐるように言った。

「ひどくハイなときがあって、言われてそうだったのかと……クラブではしゃいでいるのを思いだしました」

「六本木のGスポットですか」

「ええ」

「Gスポットには二人で」

「いいえ。たいていは若い男の人たちが一緒でした」

「どういう人たちですか」

「さあ。錦山さんは名前を教えてくれただけで……名前もほとんど忘れました」

山田は頷き、コーヒーで間を空けた。

「ところで、被害者がスポーツジムに通っていたのを知ってますか」

「麻布のジムですね。誘われたことがあります。費用は心配いらないから一緒にやろうと
……さすがに、おことわりしました」

「いつのことです」

「半年くらい前でした。家に遊びに行ったときです。これからジムに行くけど、体験コー
スがあるからって誘われました」

思わず前のめりになった。

「そのとき、被害者はなにを持ってでかけましたか」

「ジャージの上下を着て、トートバッグを持っていたと思います」

「バッグの中身は……支度するのを見ませんでしたか」

熊谷が首を傾けた。

「すみません。見たかどうかもわかりません」

山田は諦めた。そんなものだと思う。自分の日常の行動でさえ忘れてしまう。

熊谷がポシェットを開き、携帯電話を手にした。メールのようだ。

「店からです。もう帰らせてください」

「最後の質問です。被害者とはそのケータイで連絡を」

「ええ。それがなにか」

「あなたの名義ですか」

「母の名義です。高校一年の誕生日にプレゼントしてもらって、そのまま使っています。何度か機種は変更しましたが」

山田は納得した。小栗に聞いたあと、錦山の携帯電話の発着信履歴を確認した。アドレス帳に〈熊谷〉の姓はあったが、その番号の所有者は〈熊谷直美〉だった。

熊谷が立ち去ったあと、山田も携帯電話を見た。さっき携帯電話がふるえた。

「すぐに戻ります」

岩屋に声をかけ、そとに出た。


携帯電話を耳にあてた。

《ええの》語尾がはねた。《仕事中なんやろ》

そう思うのなら連絡するな。怒鳴りたくなる。

――重要情報　ゲット――

いつも美波は短文のメールをよこす。

「なんだ、重要な情報ってのは」

《どうしたん。声が変やわ》

「歯が折れた。自分でも変に聞こえる」

正直に言った。どうせ、ばれる。けさ行った病院で差し歯か部分入れ歯を勧められた。どちらも二週間以上かかるという。治療がおわるまで美波に会わないと決めても、それを守るほど意志は強くない。会いたくなれば飛んで行く。

《誰に殴られたの》

「……」

返す言葉を失った。美波の直感は鋭い。

《ブライト・ライフはね、マルチ商法にかかわっているみたい》

「誰に聞いた」

《新聞社の人よ》

美波は小説の素材となる情報を新聞記者から集めている。日本新聞社の社会部記者と東洋新聞社の政治部記者の話はよく聞かされた。小説に専念するために上京したのはそうした人脈をひろげるためだったという。人たらしの才覚を存分に発揮している。

「ウラは取れたのか」

《東洋新聞の記者は、若者にひろがっているマルチ商法の実態を取材してるねん。商品の販売拡充で活躍してるのはマルチ企業の営業やなくて、プロの勧誘マンなんやて。ブライト・ライフはやり手の勧誘マンをかかえてるそうや》

「まさか、情報の見返りに俺の話を……」

《あほな。情報は集めるもんや。吐きだすもんやない》
「そうですか」
あっさり返した。自分には教えるだけましである。
《ここからが重要やねん》
「もったいつけるな」
《最近、マルチ絡みのトラブルが増えてるみたい》
「昔からだ。マルチやネズミ講に金銭トラブルは付きもので、詐欺被害で警察が介入する以外にも、全国あちらこちらで訴訟沙汰になっている」
《警察も裁判所も出番は無しや》
「ん」
《マルチ被害専門の示談屋が横行してるんやて》
「被害者がそいつらに依頼するのか」
《被害者が頼るんは警察か弁護士……もしくは被害者救済の団体やろ。示談屋はね、自分のほうから連絡してくるねん》
「どういうことだ」
《鈍いよ。歯と一緒に脳みそも欠けたん。個人情報が洩れてるんやない》
「ブライト・ライフの顧客情報が流出したのか」

《業界全体の話よ。ブライト・ライフの個人情報が洩れてるかどうかは記者にもわかってへん。どう、重要情報やろ》

「ああ。参考になった」

《見返り、頂戴ね。犯人逮捕にむかうとき同行させて……ヤマちゃんが手錠を打ったら、その場でハグしてあげる》

「喋るな」

通話を切った。深呼吸をして喫茶店に戻った。

岩屋は煙草をふかしていた。それだけ見れば、おっとりした男に見える。が、きのう岩屋の本性を見た。生活安全課の小栗ともめたときだ。仲裁に入った岩屋の目つきは鋭かった。駆けつけた本庁管理官や強行犯係長に対して、したたかに対応した。

山田は座って水を飲んだ。

岩屋が話しかける。

「捜査本部からですか」

「情報屋です」

捜査一課の捜査員は日頃から情報収集をしているわけではない。各地域の日常の情報には飢えている。だから、出動先で人脈をひろげ、情報を得ている。

岩屋が目を細めた。

「いい情報を仕入れたようですね」

「そんな顔に見えますか」

「ええ、まあ……毎日、一緒ですからね。よければ、教えてください」

あいかわらず丁寧なもの言いで、そつがない。

山田は、美波の情報をかいつまんで話した。岩屋には借りができた。腕力はからっきしなのに、頭に血がのぼると相手かまわず突っかかってしまう。岩屋が止めに入らなければ肋骨も折られたかもしれない。小栗の肘打ちも膝蹴りも強烈だった。

岩屋が口をひらいた。

「マルチ商法のトラブル……ありえますね」

「自分は小栗の事案が気になります」

「医務室で会ったとか。小耳にはさみました。小栗はなにか喋りましたか」

「賭博事案とだけ……知りませんか」

岩屋が首をふった。

「小栗は、被害者の銀行口座のひとつにある四千万円を気にしていました。捜査対象者が死亡しても執着するのは、それなりのわけがある」

「……」

岩屋は口を結んでいる。

山田は推測を口にした。

「単純賭博……被害者が賭博の客であれば、被疑者死亡で諦めるでしょう。執着するのは被害者が胴元に近い人物だから……そう思いませんか」

「たしかに。どんな博奕にせよ、四千万円を勝つのは至難の業です」

「賭博絡みのトラブルは、マルチ商法のそれより厄介です。賭博には例外なく暴力団がかかわっています」

また岩屋が黙った。

山田は畳みかけた。

「頭をさげても、小栗が事案の中身を教えるとは思えません。岩屋さん」声を強めた。

「麻布署の幹部を動かして、小栗の上司から聞きだしてもらえませんか」

「むりです」岩屋があっさり言う。「近藤係長はしたたかな人です。小栗とはツーカーの仲とも聞いています。それに幹部は、遠慮というか、係長に気を遣う」

「なぜですか」

「カネ集めが上手い」

「はあ」頓狂な声になった。「裏ガネという意味ですか」

「どこの署でもやっている。警察キャリアが腰掛けで所轄署にくるかぎり、悪習はなくならない。なので、カネ集めがしやすい生活安全課が幅を利かせる」

「腐ってる」吐き捨てるように言った。「自分が、近藤係長に談判します」

「待て、待ちなさい」

岩屋の眼光が鋭くなった。

山田は止まらない。

「小栗は、俺の捜査を妨害したのですよ」

「妨害じゃない。本人も言ったでしょう。生活安全課の捜査は、賭博でも薬物でも、摘発するまでに何か月もかかる」

「殺人捜査は優先されるべきです」

「その意見には賛成できない」岩屋が息をついた。「しかし、あなたの疑念はわたしも持っている。わかりました。しばらく待ってください」

岩屋が腰をあげた。手に携帯電話がある。

十五分ほど経ち、岩屋が戻って来た。煙草をふかしてから視線をむけた。

「無茶はしない。小栗の邪魔をしないと約束できますか」

「約束します」

山田は即答した。とにかく情報がほしい。

「三週間ほど前ですが、ある女性が生活安全課を訪ねてきた。話を聞いたのが小栗です。

　そのあと、小栗は部下の福西と動きだした」

「どんな話だったのですか」

「夫がギャンブルに嵌《はま》っていると……その店を摘発してほしいと訴えたようです。そこまでは日報に書いてある。が、捜査を始めてからは報告がない」

「内偵捜査ですか」

「その前の段階でしょう。疑惑が深まれば人数を増やし、内偵捜査に入る」

「賭博をやっている店は特定できたのですか」

「小栗の捜査の邪魔はしないと約束した」

「しかし、その店と被害者に接点があるかも……いいえ、あると思います」声に力をこめた。「だから、小栗は被害者にこだわった」

「あなたに都合のいい推測にすぎない」

　岩屋の表情がけわしくなった。

　それでも退《ひ》けない。

「それは小栗もおなじ……確証をつかんでいれば内偵捜査に切り替えたはずです」

「こまった人ですね」

　岩屋がため息をついた。煙草で間を空ける。

「わかりました。が、店に接触するのはやめましょう。それだけはだめです」

「では、どこを攻めるのですか」

「小栗は、賭博事案を捜査中に被害者を知ったと思われます。小栗と被害者の接点……そこから始める」岩屋が煙草を消した。「つき合ってくれますか」

山田は頷いた。遠回りだが、岩屋に手をひかれてはこまる。岩屋は慎重な男だ。固有名詞を使わなかった。女の名前も店名もわからなければ単独では動けない。

品川区戸越から戻った足で、渋谷神宮前へむかった。午後四時になる。ひまな時間帯なのか、喫茶店に客はまばらだ。

窓際の席にそれらしい細身の男がいた。

「訊問はわたしにまかせてください」

岩屋が言い、男に近づいた。

「坂本さんですか」

「そうです」

小声だった。表情は硬い。迷惑そうにも見える。

坂本の妻は山田の質問にすらすら答えた。麻布署を訪ねた理由も、小栗とのやりとりもわかった。最後には一刻も早くネットカフェ『フラミンゴ』を摘発するよう頼まれた。彼女の頭には夫のことしかないように感じた。そうでなければ、小栗以外の捜査員が訪ねてきたことを訝《いぶか》しく思ったはずである。

「麻布署の岩屋と申します。連れは警視庁の山田です」

錦山殺害事案を担当しているのは電話で話した。

岩屋とならんで座り、ウェートレスにコーヒー二杯を注文した。

「被害者と面識があったそうですね」

「どこからそのことを……」

「心あたりは」

「生活安全課の小栗さんですか」

「ほう。小栗と会ったのですか」

坂本が眉をひそめた。

「路上で声をかけられて……つぎの日、麻布署にも行きました」

「賭博の件ですね」

「ええ、まあ……勘弁してください。喋れば、逮捕されます」

「小栗がそう言ったのですか」

「錦山さんが殺された翌々日もここで会い……威されました」

「穏やかじゃないですね。威されたとは」

「遅かれ早かれ、捜査一課の訊問を受けると……俺のことや賭博のことを喋れば手錠を打つと言われました」

「小栗と取引をしたね」岩屋がにやりとした。「あなたは協力者になった。そうでなければそんなことを言うわけがない」

坂本が肩をおとした。

岩屋が続ける。

「ご心配なく。質問は被害者のことに絞ります」

「助かります」

坂本の声がはずんだ。

「被害者と知り合った経緯から話してください」

「ことしの初めでした。同僚から合コンに誘われて……」

坂本の口が滑らかになった。

錦山に出資の話を持ちかけられたくだりで、ポケットの携帯電話がふるえた。官給品のそれにアドレス登録はしなくても、身内の電話番号くらいは記憶している。同僚の城戸警部補からだ。無視すればしつこくかけてくる。

黙って席を立った。

《手がかりはつかめたか》

「それなら会議で報告しています」
《それよ。その言い方があやしい。なにをつかんだ》
下衆の勘ぐりはやめてください。言いかけて、やめた。むだなことだ。
「気になることは幾つかありますが、どれも推測の域をでません」
《いま、なにをしてる》
「関係者から事情を聞いています」
《疑わしい人物か》
「違います。先輩のほうはどうですか」
《ぱっとせん。被害者が持っていたバッグの中身も特定できん。防犯カメラの映像も容疑者がうかぶまでは役に立ちそうにない。で、俺はドラッグの線を洗う。被害者の家で押収した薬物のパッケージから、被害者以外の指紋が検出された》
「素性が割れたのですね」
《そうじゃない。が、六本木を島にしてる売人がいる》
「情報屋ですか」
《そんなもんだ。おまえも会うか》
「相棒がいるでしょう」
城戸は麻布署の若手と組んでいる。

《おまえが行くなら用事を言いつけ、追い払う》

「やめておきます。自分の相棒は手強いですから」

《聞いた。しぶとい男らしいな》

「その程度ではありません」

《よしよし。愚痴も聞いてやる。夜に合流しよう》

「会議は」

《さぼる。能無し扱いされるのは癪だからな。こんどの管理官とは肌が合わん》

通話が切れた。

山田は顔をしかめた。鎮痛薬の効果が薄れてきた。

店に戻るや、岩屋に声をかけられた。

「聞きおえました」岩屋が坂本に顔をむける。「ご協力、ありがとうございました」

坂本がそそくさと去った。

山田は席を替え、岩屋と向き合った。鎮痛薬をのむ。

「痛みますか」

「大丈夫です。それより、気になる情報は聞けましたか」

岩屋が首をふった。

「坂本は単なる情報屋でしょう。小栗の捜査の蚊帳のそとに置かれている。ただ、被害者があぶない環境にいたのは間違いない。賭博事案に、マルチ商法、ドラッグ……どれも殺害の動機になりうる」

「小栗はマルチやドラッグにも関心を持っているのでしょうか」

「気にしすぎです」岩屋がぴしゃりと言う。「われわれが追っているのは殺人犯です。小栗ではない」

「ですが……」山田はむきになった。「それぞれの事案がかさなっている可能性もある。残念ながら、賭博事案では……おそらくマルチのほうも小栗が先行しています」

「バッジをはずしてはどうですか」

「えっ」

「S1Sの捜査員が、所轄署の……それも他部署の巡査長をおそれて、どうする」

岩屋の眼光が増した。

気後れしそうになる。が、にわかに血が騒ぎだし、岩屋を睨みつけた。

岩屋が表情を弛めた。

「それでいいんです。わたしは、あなたと犯人を挙げたい」岩屋がテーブルの伝票を手にした。「行きましょう」

「どこへ」

泡を食った。岩屋に圧倒されている。

東京メトロと都営地下鉄を乗り継ぎ、六本木駅で降りた。地上に出て、外堀東通を飯倉方面へむかう。歩きながら、岩屋が左を指さした。

「坂本の奥さんが言ったフラミンゴはあそこです」

薄汚れた袖看板に〈会員制ネットカフェ・フラミンゴ〉の文字が読めた。

「あのビルの近くにいる男は、小栗の部下の福西です」

ひと目でわかった。紺色のスーツを着て、まるめた新聞を持っている。

「小栗と二人で見張っているのですか」

「地域課の新人が手伝っています」

さらりと言い、岩屋は商業ビルのエントランスに入った。

クラブ『Gスポット』は閑散としていた。やたら空間がめだつ。数人の従業員が動き回っている。開店の準備をしているのだろう。

カウンターに近づき、岩屋が声を発した。

「店長はいるか」

「あんたは」

バーテンダーがものぐさそうに言った。濡れたグラスを手にしている。

「憶えてないのか。きのうもこの時刻に来て、あんたに話しかけた」

「ああ、刑事さん。すみません」

バーテンダーが奥に消え、ほどなく店長の杉下があらわれた。

「ご苦労様です」杉下が愛想よく言う。「きょうは、なにか」

「確認したいことがあってね。被害者が使っていたＶＩＰルームはどこかな」

きのう受け取った資料には〈ＶＩＰ〉の文字が幾つもあった。

店長に案内され、ＶＩＰルームに入った。

「意外とせまいな」岩屋が言う。「もっとひろいかと思った」

「ここは八名様用です。もっとひろい部屋もありますが、錦山さんはいつも五、六人でこられ、予約のさい、この部屋を指定されました」

「そのたびに十数万円……上客を亡くしたね」

言って、岩屋がソファに座り、室内を見渡した。

山田はとなりに座り、杉下がテーブルのむこうの補助椅子に腰をおろした。

「ひと晩で百万円を使うお客様もおられますが、錦山さんは毎週のようにこられて……それに、華がありましたから、とても残念です」

「連れて来た人はいつもおなじですか」

「いいえ。毎回と言えるほど、いろんな人たち……若者ばかりでした。二十代前半と思える人が多かったですね。男性と女性は半々くらいで、皆さん、たのしそうでした」

「被害者も」

「もちろんです。フロアでも笑顔をふりまきながら踊っていました」

「ハイテンションだった」

「ええ。お客さんは皆、そうです。暗い人はいません」

「失礼」

岩屋が煙草をくわえた。

山田は杉下に質問しかけて、やめた。岩屋は意図して間を空けたのだ。

煙草をふかし、岩屋が前方を指さした。

「あれは防犯カメラだね」

モニター画面の上に黒い半円球の物体がある。歌っている者を撮るカメラだが、防犯カメラも内蔵しているという。

「そうですが……」

杉下の声がちいさくなり、顔に不安の気配がにじんだ。

「録画を見せてもらう」

岩屋の声音が一変した。

「それは……お客様のプライバシーの……」

「殺人事件の捜査なんだ」岩屋がさえぎった。「手続きを踏んでもかまわんが、面倒をかけるな。それとも、また店名を変えて営業するか」

「ご冗談を……」杉下が眉をひそめた。「わかりました。協力します」

「三か月分……生活安全課にそう指導されているはずだ」

「たぶん、残してあると思います」

杉下が立ちあがり、ドアを開けた。

山田は、岩屋の耳元でささやいた。

「カラオケに行かれるのですか」

「以前、カラオケボックスで強姦《ごうかん》致傷事件がおきた」

岩屋がにんまりとした。目尻に幾つもの皺ができた。

★　　★

「痛い」詩織が叫んだ。「やさしくしてよ」

「騒ぐな。深さ一ミリだ。唾をつけりゃ治る」

氷を割っていて、詩織がアイスピックで手のひらを刺した。親指の付け根あたりだ。薬箱にあった軟膏《なんこう》を塗っている。客はいない。ホステスはまだ入店しないという。

「じゃあ、オグちゃんが唾をつけて」

「はあ」

声を発したところに、ドアが開いた。

石井聡が近づいてきた。にやにやしている。スタンドカラーの白シャツに黄色のセーター。ダークグレーのパンツに、ブラウンのローファーを履いていた。

「刑事のくせに、しゃれた店で遊んでるじゃないか」

気さくなもの言いだった。

「半グレに戻ったのか」

「隠すことはできても、地は消せん。あんたが羨ましいぜ」

石井が椅子に座る。小栗とは一席空けた。

「どうして」

「地だけで生きてる」

「オグちゃんは」詩織が口をはさみ、石井におしぼりを差しだした。「不器用なの」

「うるさい」

小栗が言っても、詩織は笑っている。

「紹介して」

そっけなく言った。遊びの場に肩書は要らない。煙草《タバコ》をふかし、頬杖をつく。

「石井さんだ」

詩織が声をかける。

「何にしますか」

「おなじものを」

水割りをつくって、詩織が離れた。

石井がグラスを傾け、息をついた。

「口座のカネだが」石井が言う。「錦山は副業に励んでいたそうだ」

「マルチか」

「知ってたのか」

おどろいたふうはない。

「被害者の人脈を調べているうちにわかった。が、呼んだのは別のことだ」

昼間に電話をかけた。石井は会食の予定が入っているというので、午後九時に会う約束をした。小栗は『花摘』の場所を告げ、電話を切ったのだった。

詩織が小皿を運んで来て、無言のまま去った。

石井がフロマージュを食べた。苺《いちご》のスライスが載っている。

「マルチと無関係ではないが……」小栗は煙草を消した。「マルチ商法の被害者に救済を名目にして接触する連中がいると聞いた。ほんとうか」

「ああ。さっきもそのことで相談を受けた」

「どういう連中だ。組織的に動いているのか」

「くわしいことはわかってない。が、オレオレ詐欺の連中とおなじだろう」

「被害者の救済は……話を持ちかけて仕事をせずに手数料をふんだくるのか」

「手口はいろいろある。被害者を誘った者を威《おど》す。被害者に委任状をかかせるさいに示談の金額を決め、その何十パーセントかを前金として取るやつもいる」

「商品のメーカーや販売会社も威すのか」

「そういう情報は入ってない。マスコミに書き立てられるのを嫌って隠しているのかもしれんが」石井が水割りを飲む。「クズどもがやることは決まってる。泣き寝入りする弱い者からカネをむしり取る」

「弱味なら企業のほうもあるだろう」

「ないな。警察でさえ、マルチ企業を摘発するのは容易じゃない。マルチは連鎖販売取引というのだが、それが特定商取引法に違反するかどうか……つまり、不実告知の事実をつかまないかぎり、警察は動けん。だから、マルチ企業はあの手この手を駆使して、法の網をくぐりぬけている」

「あんたはその手伝いをしてるのか」

石井が視線をむけた。

小栗は背筋が寒くなった。が、吐いた言葉はのめない。

「なんでもやるさ」石井が薄く笑う。「仕事なんだ。どんな相談にも乗る」

小栗は、石井との出会いの現場を思いだした。

「トラブルの現場に介入するのか」

「それはない。俺の気性で介入すれば、前科が増える」

石井がこともなげに言う。あの夜のことは記憶から欠落したのか。

その疑念に蓋をした。ほかに訊《き》きたいことがある。

「マルチ商法の被害者がクズどもに泣きつくとは思えない」

「ん。きょうの本題はそれか」

「まあな」

「マルチ企業の個人情報が洩れている……そんな情報をつかんだのか」

「うわさにすぎん。で、あんたに訊きたくなった」

正直に答えた。

石井がフロマージュをつまんだ。キーウィが載っているほうだ。

「ママはセンスがいい」

独り言のようにつぶやいた。

水仕事の手を休め、詩織がにっこりした。

石井はそれに反応しないで、視線を戻した。

「企業の個人情報が流出しているのは確かだ。どこの企業もそれを認めてないが、クズどもは自分から被害者に接触している。企業は、顧客の苦情や抗議、トラブルの内容もデータに入力する。それが洩れたとしか考えられん」

石井がグラスを空け、ボトルを手にした。動きかける詩織を手のひらで制した。

小栗は煙草に火をつけた。

石井が口をひらいた。

「ブライト・ライフを調べていて、そのうわさを聞いたのか」

そんなところだ。言いかけて、思い直した。石井との駆け引きは損を見る。

「ブライト・ライフで矢野という女専務と話しているとき、男が入って来た。様子が変だったから、そとで待ち伏せて話を聞いた。その男は錦山にたぶらかされた。サプリメントを大量に購入してグループに入り、自分もグループをつくった。そのグループのひとりが商品の買い戻しを要求してきたそうだ」

「買い戻しだけか」

「慰謝料も要求された。交渉に来たのは代理人……依頼人の話では、代理人のほうから電話があり、委任状を認めて交渉をまかせたそうだ」

期限を切られたことも、話を聞いた男が怯《おび》えていることも教えた。

石井はグラスをゆらしながら聞いていた。

「あんたがつかんだ情報も似たようなものか」

「ああ」

石井がグラスをトンと置き、ナッツを口に入れる。嚙《か》み砕く音がした。

小栗は黙って見ていた。

「代理人の素性は」

石井が投げつけるように言う。厄介を背負い込んだ。そんな顔つきになった。

「言わないほうがいいだろう」

「それで仕事になるのか」石井が声と目で凄《すご》んだ。「ついでだ。聞いてやる」

小栗はためらいを捨てた。石井ならクズらの情報もつかんでいるだろう。

「広尾にあるＹＫ信用調査……名刺には主任調査員、日高直人とあった」

「前科は」

小栗は首をふった。

「ＹＫ信用調査は実在するが、日高が本名なのかもわからん」

事実だ。近藤係長の話では、『ＹＫ信用調査』は社長のほか、社員は三名で、そのなかに日高の名前はないという。渋谷署の者が身辺捜査を始めたとも聞いた。そこまでやるのだから、近藤は取引を持ちかけたのだろう。どうでもいい。マルチ商法のトラブルにまつわる恐喝事案など、ほしければくれてやる。

石井が口をひらいた。

「そろそろ、あんたの的を教えてくれ」

「……………」

「先日は、すべて吐けと言ったのに、かわされた。こんやは腹を括《くく》ってきたんだろう」

小栗は頬杖をはずした。

「この近くにフラミンゴというネットカフェがある。インカジの店だ」

「インターネット・カジノ……バカラ賭博か」

「メインはバカラだ。ディスプレイに海外のカジノの映像を流している」

「錦山とその店はどうつながる」

「出資していたと疑ってる」

「店の経営者は何者だ」

「経営しているのは永澤企画という、ちいさな会社だ。社長の永澤祐一郎に犯歴はなく、素性がはっきりせん。おそらく、雇われ社長だ。永澤企画と永澤本人の銀行口座を調べたが、カジノ賭博をやってるようなカネの動きはなかった。隠し口座を使っているか、実質のオーナーに直に渡しているかの、どちらかだな」

「オーナーは不明か」

「ああ。だが、摘発すればわかる。いまどきの雇われ店長に、筋目や仁義はない」

「フロントなら口を割らない」

「れっきとしたフロントならあぶない仕事はせん」

かつてフロントは暴力団の企業舎弟といわれた。大半は合法的な会社を経営している。ちかごろは金融会社やゼネコンにもフロントと呼ばれる者がいて、金融マンは資金洗浄の役目を担い、ゼネコンの幹部社員は建設利権を供与しているという。

「むずかしそうだな」石井がぽつりと言う。「雇われ社長かオーナー……どちらかとの接点をつかみたいのだろうが、錦山は死んだ。証拠になるものは消してるさ」

「俺もそう思う」

言って、小栗は目元を弛《ゆる》めた。

「それでもやるのか」

「ものぐさな男がいろんな人間にかかわった。あんたとの縁もそうだ。錦山に会わなければ、あんたに連絡することはなかった」

「飛んでる女が縁の始まりか」

石井がグラスを空ける。

詩織が近づいてきた。

「オグちゃんは人嫌いなのよ。それなのに、寄って来た人をほうっておけないの」

「人嫌いなやつは、懐に入れた人を大切にするそうだ」

「へえ」詩織がおどけるように両手をひろげた。「わたしも入りたい」

「もう入ってるさ」石井が目を細めた。「身体の中はまだのようだが」

「わかるんだ」

「やめろ」

小栗は割って入り、また頬杖をついた。

詩織が肩をすぼめて離れた。

石井が顔をむける。

「俺になにができる」

「個人情報の流出が気になる」

「ん」

石井が眉根を寄せた。疑念がうかんだのか。

だが、小栗は無視した。胸に抱く、ある疑念はぼやけたままだ。

「YK信用調査はどうやってブライト・ライフの個人情報を手に入れたか」

「気安く言ってくれるぜ」

石井がグラスを持った。顔はたのしそうだ。

小栗の携帯電話がふるえた。福西からだ。その場で受けた。

「どうした」

《様子が変です》福西が咳《せ》き込むように言う。《たったいま、三人の男が七階にあがりました。ひとりはやくざの顔です》

「見覚えはないのか」

《はい。どうしましょう》

「南島は」

《一緒です》

「そっちに行く。俺が着くまでにそいつらが降りてきたら、おまえが尾《つ》けろ」

返事を待たずに通話を切った。石井に話しかける。

「でかける」

「トラブルか」

「わからん。フラミンゴだ」

「俺は残る」

「好きにしろ」

小栗はポケットをさぐった。酒場は現金で支払う。

「早く行け」石井が声を発した。「貧乏刑事《デカ》のゴチにはならん。ママもかわいそうだ。どうせ学割か愛情料金なんだろう」

詩織がクスッと笑った。

ネットカフェ『フラミンゴ』に着いた。普通に歩いても五分とかからない。

路上に福西と南島がいた。南島の表情は硬く見える。

「まだいるのか」

「はい」

福西が答えた。

「ほかに入った者は」

「いません」

「南島はここで待機だ」

「あがるのですか」

福西が目をぱちくりさせた。

「いやなら、おまえも残れ」

「行きます」

「拳銃は持ってるか」

福西がぶるぶると頭をふった。

小栗も所持していない。威しておけば福西も身を引き締める。

エレベーターで七階にあがった。

カウンターの前に二人の男がいた。

片方と目が合った。郡司《ぐんじ》だ。金竜会の若頭補佐で、六本木を島にしている。

小栗は、カウンターの中にいる武蔵に声をかけた。

「いちゃもんをつけられてるのか」

武蔵がぽかんとした。

郡司にも話しかける。

「あれが」小栗はカウンター脇の壁を指さした。〈警視庁〉の下に〈暴力団排除の店〉と記されたステッカーが貼ってある。「読めんのか」

「ネットカフェで寝るほどおちぶれちゃいねえぜ」

「そうかい。で、なにしに来た」

「わたしが」連れの男が声を発した。「ここに用がありましてね。一緒に遊んでいた郡司さんがつき合ってくれたのです」

「あんた、郡司の同業か」

「郡司さんとは昔からの友人でして……稲毛《いなげ》と申します」

「どこの稲毛さんだ」

「おい」郡司が顔を突きだした。「てめえに関係ねえだろう」

「おまえのほうこそひっ込んでろ。ここは俺の島だ。巡回中にやくざとでくわした。職務質問するのはあたりまえじゃないか。それとも、署までくるか」

「なんだと、てめえ」

郡司が眦《まなじり》をつりあげた。

「お二人とも、やめてください」

稲毛がとりなすように言い、名刺を取りだした。

小栗は胸でにんまりした。名刺には〈麻布信販　執行役員　稲毛秀典《ひでのり》〉とある。

「やくざを連れて、借金の取立てか」

「ご冗談を。ここのオーナーとは親しくしていましてね。六本木で遊ぶときはちょくちょく覗いているのです」

「オーナーの名前は」

「ご存知でしょう。永澤企画の永澤祐一郎さんです」

しっかり者だ。雇われ社長の名前をフルネームで覚えていた。逆にいえば、『麻布信販』と『永澤企画』の仲が窺《うかが》い知れる。

小栗は武蔵を見た。

「間違いないか」

「はい」

武蔵の表情が硬い。

「ここは防音仕様か」

あえて訊いた。防音壁なのは坂本から聞いている。

「はあ」

「やくざが声を張りあげても客室のドアは開かん」

「お客様には快適な空間を提供しています」

警察の家宅捜索にも対応できるようにしているのだろう。もうひとりの男の所在は気になるけれど、訊けば監視しているのを教えるようなものだ。

「客の安全、安心がモットーか」皮肉をこめた。「立派な心掛けだ」

「用が済んだら、とっとと失《う》せろ」

郡司がエレベーターのボタンを押した。

小栗は目で福西をうながした。執拗《しつよう》に絡めば警戒心を持たれる。来た甲斐《かい》はあった。

『麻布信販』の稲毛に会えたのはなによりである。

きょうは運の好《い》い日だ。一年のうちに何度か、そう思う日がある。

翌朝、いつものカフェテラスに足を運んだ。

近藤係長はトーストを食べていた。くちびるに玉子の黄身がついている。

「気をつけろ」近藤が言った。「一係のタヌキがおまえのことを嗅ぎまわってる」

「岩屋さんですか」

「ああ。あいつは、うちの梶村とは同期で、囲碁仲間だ」

「どうでもいいです」

そっけなく返し、煙草をくわえた。

きのうも深酒になった。『フラミンゴ』を出て、福西と南島に指示したあと、『花摘』に戻った。石井のなじみの酒場に移り、詩織も合流して三時ごろまで遊んだ。

「そうはいかん。処分をまぬかれたばかりなんだ」

本庁捜査一課の山田との喧嘩《けんか》は、小栗が捜査本部の幹部に頭をさげたことで落着した。山田が喧嘩の理由を話さなかったからだ。捜査絡みのトラブルなら処分されていた。近藤の祝儀集めの効果もあったかもしれない。

「おまえが捜査本部を無視して動いているのがばれたら問題になる。俺も監督責任を問われる。で、二階級特進は夢と消える」

近藤が真顔で言った。

監督責任ではなくて、共犯です。そう言ってやりたくなる。

「それなら情報をください」

「麻布信販の諸橋社長は金竜会の郡司とつながっている。先代からの縁だ。むかし中古車販売会社はローン詐欺の温床だったというから、腐れ縁を引き継いだのだろう」

「郡司とは会いました」

小栗は、昨夜のことを話した。

「麻布信販は永澤企画のスポンサーか」

「どうでしょう」

曖昧に言った。風景は見えてきた。『麻布信販』と『永澤企画』と『フラミンゴ』は一つ穴の狢《むじな》で、その背後に金竜会の郡司がいる。が、いま知りたいのは『YK信用調査』の実態である。錦山怜奈と『YK信用調査』はつながっていたと思う。どういうふうにつながっていたのか。それを解明したくて石井に声をかけたのだった。

「YK信用調査だが、活動実態はほとんどない。インターネット上で、浮気調査、家出調査などとならべ立てているが、オフィスに出入りする者はめったにいない。ときどき出前を運ぶ蕎麦屋《そばや》の店員は、いつもおなじ男がひとりでいて、仕事をしているふうではなかったと証言した」

渋谷署からの又聞きなのに、さも自分で調べたように言う。

「麻布信販との接点は」

「そう急《せ》かせるな」

近藤が手を伸ばした。煙草をくわえ、ライターで火をつける。

「手柄のひとつを……マルチ絡みの詐欺、恐喝事案は渋谷署にくれてやるつもりで協力を要請したのだが、なかなか情報が集まらない」

「それだけ組織的に動いているということです」

「他人事のように言うな」

「渋谷署には期待している。が、自分でも動きます」

「麻布信販とＹＫ信用調査に乗り込むつもりか」

「捜査本部の事案としての事情聴取です」

「そんな勝手が通用すると思うのか。きのう郡司と会ったばかりなんだぞ」

小栗はそっぽをむき、煙草をくゆらせた。

人は欲をかく分、不安も増える。近藤の白髪がめっきり増えたように思う。

近藤と別れたところで携帯電話がふるえた。坂本からだ。耳にあてた。

「どうした。詫《わ》びの電話か」

《やっぱり……ばれたのですね》

「気にするな。想定内だ」

山田の剣幕と先刻の近藤の話を絡めれば背景は読める。仕掛けたのは岩屋か。小栗の同僚の梶村から話を聞いて坂本の妻に接触した。妻が麻布署を訪ねてきたことは業務日報に記してある。そのあと坂本に会い、事情を聴取した。坂本の性格なら、洗いざらい喋《しゃべ》っただろう。山田の怒りが沸騰したのは『Gスポット』の杉下店長の証言か。

そこまで推察し、疑念が湧いた。それが声になる。

「Gスポットのことを話したか」

「はい。刑事さんにはGスポットでの様子をくわしく訊かれました。VIPルームで遊んだことや、錦山さんの機嫌がよかったことを話しました」

そうか。ひらめいた。山田らはドラッグに着目したのだ。が、坂本は錦山がドラッグを使用していた事実を知らない。ブティックの熊谷千鶴か。千鶴は錦山のドラッグ使用を知っていたのか。そのうえで、山田らは杉下から事情を聞いたのか。

推測はひろがっても、それが深まることはなかった。ドラッグの事案は捨てている。ドラッグと賭博がおなじ根っこということはありうる。だが、両手に花とはならない。片方に手を伸ばせば、もう片方は警戒する。二兎追うもの一兎も得ずの喩《たと》えもある。

《仕方がなかったんです》か細い声で言う。《逮捕しませんよね》

「あいにく、俺は忙しい」

吐息が洩《も》れ聞こえた。

「その代わり、四、五日、フラミンゴに通え」

「むりです。妻に小遣いを減らされて……」

「勝てばいいんだ。負けたら、サラ金に走れ」

返事を聞かずに通話を切った。

思いつきの発想ではない。自分の行動で『フラミンゴ』はどう反応するのか。それを確認するための指示だった。

そろそろ動きだしそうな予感がある。動かしてみたくもなっている。

西麻布交差点を過ぎて左折し、しばらく歩いてから路地に入った。

煉瓦《れんが》色のマンションのメールボックスを見る。四〇一に『YK信用調査』とある。

エレベーターで四階にあがる。フロアに七室。住居用のマンションだ。『YK信用調査』のプレートのかかるドアをノックした。

ドアが開き、男が顔を覗かせた。

ジーンズに柄シャツ。髪は乱れ、来客に接する身なりではなかった。

「どちらさまで」

「麻布署の者だ」警察手帳を見せた。「吉田《よしだ》社長はいるか」

「来てない」

邪魔くさそうに言い、ドアを閉めようとする。

小栗は足をだした。靴がドアにはさまれた。

「傷害罪で逮捕する」

「はあ」

男が間のぬけた声を発した。

小栗はドアを引き開け、中に入った。手前はキッチン。奥の扉が開いている。

事務所の体裁にはなっていた。デスクが二つと応接ソファ、テレビがある。壁のスチール書棚はがら空きで、青色のファイルがひとつ収まっていた。

「なんてまねしやがる」

悪態をつき、男がデスクの椅子に座った。

小栗は、デスクをはさんで向き合う。

「お前は社員か、留守番か」

「関係ねえだろう」

「名前は」

「教える筋合いは……」

声が切れ、うめき声が洩れた。

小栗が左手でシャツの襟を絞めている。右手で頭髪をつかんだ。鈍い音がし、男の鼻から血が垂れた。

「おまえは誰だ」

「尾崎《おざき》……留守を頼まれた」

「社員は」

「知らねえ。皆が出払ったときに俺が呼ばれる」

「とぼけるな」髪をつかむ手に力をこめた。「社長に連絡しろ」

尾崎が上目遣いに睨《にら》んだ。目がにごっている。

小栗は左手でガラス製の灰皿を持ちあげた。吸い殻が飛び散った。

「やめろ」尾崎が叫んだ。「やめてくれ」

デスクに固定電話はない。

「ケータイをだせ」

尾崎が言うとおりにする。

小栗は手を放し、灰皿を置いた。

「でたら、代わる」

言って、小栗は煙草をくわえた。

尾崎が携帯電話を操作し、耳にあてる。

「尾崎です。いま麻布署の刑事が……」

携帯電話を奪い取る。

「吉田か。麻布署の者だ。聞きたいことがある。すぐ事務所にこい」

《ずいぶん乱暴ですね》ねばりつくようなもの言いだ。《令状はお持ちですか》

「事情を聞くのにそんなものはいらん」

《それならまたにしてください。多忙なもので》

「殺人捜査なんだ。拒めば身柄を取る」

《……》

「どこにいる。俺がむかってもいいぞ」

《わかりました。三十分以内に……》

通話を切った。くわえ煙草でスチール書棚に近づいた。ファイルを手に取る。表紙にも背にも文字はない。ファイルを開いた。目次に名前がある。五人。ネット広告を見て依頼するのか。浮気調査が四件、身元調査が一件だった。

尾崎に話しかけた。

「日当は幾らだ」

「一万円」ふてくされて言う。「らくなもんさ」

「普段はなにをしてる。暴力団事務所の当番か」

「やくざじゃねえ」

「なら、行儀の悪い口はきくな」

尾崎がそっぽをむいた。

「ここの社員は何人だ」

「知らねえよ」視線を合わさない。「社長に訊いてくれ。俺はもう喋らん」

小栗も雑魚には用がない。ソファに座り、煙草をふかした。

ドアが開いた。尾崎が電話をかけて十分も経っていない。

入ってきた男が立ち止まる。豆鉄砲を食ったような顔になった。

小栗も面食らった。『麻布信販』の稲毛の登場は想定外である。

「奇遇だな」

冷静を装った。

「刑事さんでしたか」

稲毛も頬を弛め、ソファに腰をおろした。

「顔がひろいな。ここの社長とも友だちか」

「ええ、まあ。おなじマンションに事務所を構えているので親しくしています」

小栗は、きのう受け取った稲毛の名刺を見た。

「二階下か。どっちが先に入居した」

「うちは五年になります。ＹＫ信用調査は一年ほど前……そんなことも調べないでここへ来たのですか」

「横着なんだ。直に聞くほうが手っ取り早い」

相手の言質を取るためなら平気でうそをつく。

稲毛が苦笑し、すぐ真顔に戻した。

「どのようなご用件で……広尾は渋谷署の所管でしょう」

さぐるような目つきだ。

「殺人事件に島はない」

「えっ。あなたは麻布署の生活安全課だと……きのうは巡回中と聞きましたが」

「本職は防犯だ」わざと息をついた。「麻布署の捜査本部に駆りだされた」

「ご苦労様です」

「それだけか。誰が殺されたのか、知ってるんだな」

「女社長でしたね。新聞とネットで読みました」

「その女社長のことで、事情を聞きに来た。吉田に電話をかけて、そう伝えろ」

「戻るつもりだったが、身動きが取れないと……で、わたしが来ました」

「おまえは吉田の目か、耳か、頭か。被害者を知ってるのか」

「知りませんよ」稲毛の声に不快の気配がまじった。「殺人捜査の事情聴取とわかっていれば、吉田社長の頼みはことわった」

「吉田は言わなかったのか」

「ええ」

「ほんとうだろうな。うそとわかれば引っ張るぞ」

「冗談じゃない」稲毛が声を荒らげた。「いったい何なのですか。その態度といい、無礼な話し方といい……まるで吉田が殺人事件の犯人みたいじゃないですか」

「やっと呼び捨てか」

「………」

稲毛がくちびるを噛んだ。

「おまえも捜査対象者に加えてやる。吉田との関係を話せ」

小栗はソファにもたれ、あたらしい煙草に火をつけた。

稲毛が口をひらいた。

「吉田と殺された人……どういうつながりがあるのですか」

「それを知るために来た」

「容疑者ではない」

「答えられん」

「ひどい刑事さんだ。弁護士を呼びます」

「金竜会の顧問弁護士か」

「郡司を呼んでもいいぞ。俺は、吉田の顔を見るまで動かん。悪徳弁護士でも腐れやくざでも、ひまつぶしに相手してやる」

稲毛が視線をふり、尾崎に声をかける。

「おい、電話しろ」

尾崎が携帯電話を手にした。短いやりとりのあと近づいてきた。

稲毛が手を伸ばす前に、小栗は携帯電話をひったくった。

「吉田か」

《……》

息をのむ気配を感じた。

先ほどの電話とは尾崎の口調が変わっていた。稲毛の目配せも気になった。

「誰だ。郡司か」

電子音になった。通話が切れたのだ。

発信履歴の番号を暗記し、携帯電話を放った。

「また来る」腰をあげた。「つぎはおまえの事務所も表敬訪問してやる」

舌を打ち鳴らす音は背で聞いた。


「なんてことを」

元麻布の殺人現場に花が供えてある。

小栗は腰をかがめ、手を合わせた。瞼《まぶた》の裏に錦山の顔がうかんだ。笑っていた。

麻布十番に出て、鳥居坂をのぼる。途中で息があがった。タオルで首筋の汗を拭う。見あげた空はまぶしかった。長い夏になりそうだ。

外苑東通を渡ったところで携帯電話がふるえた。近藤係長だ。

「小栗です」

《女の名義だ。所有者の素性はわかってない》

広尾のマンションを出たあと、尾崎がかけた電話番号を照会してもらった。

《調べるか》

「結構です。郡司の事務所はわかりましたか」

金竜会の本部事務所は知っているが、郡司組事務所の所在地は知らない。

《六本木△丁目四の○×、コスモスパレスの六○七。エントランスのメールボックスのプレートには六友商事とあるそうだ》

「届けがあるのですか」

《ある。ギフト商品を扱う会社だ》

「熊手だけでしょう」

暴力団は地場の飲食店に熊手を売りつける。みかじめ料だ。都内の歓楽街では、飲食店の住所や電話番号を記した手帳や飲食店マップを売る組織もある。かつては花屋や仕出し屋、おしぼり業を営む輩もいたが、暴力団対策法が強化されて廃業したという。

《行くのか》

「成り行きです」

広尾の『YK信用調査』での出来事を簡潔に話した。

《藪を突《つつ》きすぎだ。咬まれるぞ》

「そのときは、仇《かたき》を取ってください」

《すまん。俺も射撃は苦手なんだ》

笑って通話を切った。目の前に薄汚れたマンションがある。メールボックスを確認し、エレベーターに乗った。

六〇七号室のドアをノックした。足音が聞こえたが、声はない。もう一度ノックしかけたときドアが開き、男が顔を見せた。坊主頭のデブだ。

「誰だ、あんた」

「麻布署の者だ。中に入れろ」

「手帳は」

「うるさいやつだな」警察手帳を見せた。「三宅《みやけ》に用がある」

六本木の路地裏で石井の連れに痛めつけられていた男だ。

「いねえよ」

「確かめる」

ドアノブを持つ男の手首をつかんだ。

「なにしやがる」

かまわず中に入った。

床を踏む音がした。二人か。

「あっ」

奥からあらわれた三宅が声を発した。

「傷は治ったか」

「なにしにきやがった」

小栗は答えずに靴を脱いだ。

「待ちやがれ」

坊主頭のデブに二の腕を取られた。

体《たい》を開き、膝蹴りを入れた。自由になった腕で肘打ちを見舞う。顎の先端をかすめた。

デブが膝から崩れおちる。

「てめえ」

三宅が身構える。

小柄な男が三宅の前に出る。金属音がした。ナイフだ。

小栗はジャケットの懐に右手を入れた。ひさしぶりに拳銃を吊るした。

「うるせえぞ」奥から声がした。「何事だ」

「郡司か。麻布署の小栗だ」

右手をだした。汗ばんでいる。三宅らを押しのけ、通路を進んだ。

十畳ほどの部屋に机が二つ、安っぽいソファとテレビもある。

左手のドア口に郡司が立っていた。

「生活安全課《セイアン》の刑事《デカ》が何の用だ」

乱暴なもの言いだが、表情には余裕がある。

「話がある」

「そうかい」

郡司が背をむけ、奥の部屋に消える。

小栗はあとに続いた。

四角い部屋の中央に黒革のソファがある。サイドボードの上に大小のトロフィーが載っている。かたわらに二つのゴルフセット。代紋はなかった。

「ゴルフが趣味か」

「親分のお伴だ。が、腕が良すぎて勝っちまう」

ゴルフ場は暴力団関係者のプレイ禁止を謳《うた》っているが、建前にすぎない。客離れが進むなか、会員の同伴者の入場を禁止するわけがない。

郡司が葉巻の口を切った。くわえ、ダンヒルで火をつける。ふかして顔をむけた。

「話ってのは、きのうの続きか」

「殺人事件の捜査だ。むりやり参加させられた」

「ご苦労なことで」

声にも余裕がある。きのうとは態度も雰囲気も異なる。『麻布信販』の稲毛がそばにいたので、極道者の面子《メンツ》があったのか。

「広尾にあるＹＫ信用調査の吉田を知ってるか」

「知らんな」

「あんたの友だちの稲毛と仲がいいそうだ」

「ダチじゃない。稲毛とは仕事のつき合いだ。吉田って野郎が事件にかかわってるのか」

「被害者と縁があった。で、ＹＫにでむき、事情を聞こうとしたのだが、吉田は留守で、代わりに稲毛があらわれた」

郡司はソファにもたれ、葉巻をふかしている。

「あんたのケータイを見せてくれ」

「ん」郡司が眉根を寄せた。「なんのまねだ」

言いながらもテーブルに手を伸ばした。端に携帯電話がある。

受け取り、小栗は電話番号を確認した。記憶にあるそれとは違った。

「この名義は」

「俺よ。やくざもケータイくらいは買える」

「一本か」

「それで充分だ。俺はメールもアプリも使わん」

そんなことはわかっている。通信記録を気にするのだ。電話の会話は記録に残らないけれど、メールの文言はデータに保存される。

「稲毛とは古いのか」

「前の会社からのつき合いだ」

「念を押すが、吉田は知らないんだな」

「くどいぜ」

「いいだろう」煙草をくわえ、一服して言葉をたした。「あんたのしのぎは」

にわかに郡司が表情を崩し、声を立てて笑った。

「やっぱり、生活安全課だな。マル暴の刑事は、そんなくだらん質問はせん」

「そりゃそうだ」

小栗も笑った。相手に合わせるのも造作はない。

「用が済んだら、帰れ」

「まだ済んでない」

煙草をふかしたあと、三宅を指さした。二人の乾分がドア口に立ち、三宅は郡司のかたわらに控えている。

「三宅に訊きたいことがある。連れ出していいか」

「ここで済ませろ」

郡司の表情が締まった。

望むところだ。そう言うのを期待していた。

「おい、三宅。おまえをフクロにした連中は何者だ」

三宅がのけぞった。見る見る顔が強張る。郡司に報告しなかったのだ。想定内である。

乾分の面子は高が知れているが、親分の叱責をおそれる。

郡司が顔を横にむけた。

「何の話だ」

「はい……ちょっとトラブルに……たいしたことでは……」

三宅がしどろもどろに言った。

「誰だ、あいつらは」

小栗は語気を強めた。

「名刺をもらったじゃないか」

三宅が言った。小栗には刃向かえるようだ。

「ワールドラウンドの田中角二《たなかかくじ》さんか……住所も電話番号もでたらめだった」

うそは湧き水のようにでてくる。

「誰にやられた」

郡司の声が怒気をはらんだ。

「石井です」三宅が小声で言う。「すみません」

「くそったれ」

吐き捨てるように言い、郡司が立ちあがる。三宅の身体が吹っ飛んだ。郡司の前蹴りが三宅の胸を直撃したのだ。空手か。

郡司が座り直すや、小栗は訊いた。

「どこの石井だ。大原組か」

金竜会は神戸の神俠会の二次団体である。その神俠会から離脱して設立されたのが生田連合で、金竜会元幹部の大原は生田連合に移籍した。去年の夏までおなじ釜の飯を食っていた金竜会と大原組は抗争状態にあるという。

「チンピラだ。いまは堅気の仮面を被っているが」

郡司が蔑むように言った。

「そいつと面倒をかかえてるのか」

「ふん」郡司が鼻を鳴らす。「雑魚の相手はせん。が、焼きを入れてやる。石井の野郎、親分にかわいがられてるからと、図に乗ってやがる」

小栗は頷いた。

――てことは、マル暴担当は動いてないんだな――

先日の、石井のもの言いがひっかかっていた。疑念は解けた。

「金竜会の会長か」

「あんたには関係ない」

「そうはいかん。言っただろう。殺人事件の捜査なんだ」

「石井は容疑者か」

「なんとも言えん。が、被害者と縁があった。教えろ、何者だ」

「言えるわけがねえ。あんたとおなじよ。見返りもなしに情報は流さん」

「見返りの中身は」

「ない。あえて言えば……さっさと消えろ」

小栗は肩をすぼめた。別の言葉を期待したけれど、郡司は冷静だった。だが、諦めはつく。いまのところ郡司は標的の周辺にいる人物のひとりにすぎない。

「石井聡……聡明の聡だ。ネットで検索しろ」

言って、郡司が首をまわした。

「見返りに教えてやる。石井には近づくな。捜査本部が素性を洗ってる」

最後のうそは石井を護るためだ。

★　　★

麻布署に設置された捜査本部がざわついている。殺人事件発生から九日目で初めて、取調室での訊問を行なうからだ。任意同行を求めたのは城戸警部補だった。

山田は腕の時計を見た。午前九時四十五分になる。事情聴取は十時に始まる。立ちあがって上着を手にし、捜査本部を出た。

階段を降りかけて、呼び止められた。内川に腕を取られ、踊り場に立った。

「別件なんだ。無茶はするな」

「城戸さんに言ってください」

「言ったさ。だが、あいつは手柄をほしがる。で、おまえを立ち会わせるんだ」

「自分も短気です」

「わかってる」内川が声を強めた。「しかし、ほかの者では城戸を止められん」

「努力します」

ぶっきらぼうに言った。くだらないやりとりは面倒だ。捜査本部の幹部に任意の事情聴取を打診したのは城戸だが、自分と城戸が相談したうえでのことである。その前段階では麻布署の岩屋に意見を求め、岩屋も同意したのだった。

「これより訊問を始める」

城戸の声が取調室に響いた。制服警察官がペンを持った。

六本木のクラブ『Gスポット』の杉下店長の表情が硬くなった。

山田は、城戸のうしろの壁にもたれ、杉下を観察している。

城戸に問われ、杉下が、氏名、住所、生年月日を口にした。

「金山由夫《かなやまよしお》という人物を知っているか」

「はい」

「どういう仲だ」

「知人です」

「知人にもいろいろある。具体的に言いなさい」

「六本木で会えば話をする程度の仲です」

「いつ知り合った。話すようになったきっかけは」

城戸が畳みかけて質問する。被疑者を相手にするようなもの言いが続いた。

それに気圧《けお》されたか、杉下はうつむき加減で、声はちいさかった。

「五年ほど前になりますが、記憶が曖昧で……すみません」

「謝る必要はない」城戸がはねつけるように言う。「証言は記録される。事実と異なることを話せばどうなるか、わかってるな」

「はい」

「話を先に進める。金山と最後に話したのはいつだ」

「十日ほど前でした」

「それくらいならはっきり憶えているだろう。何時ごろ、どこで会った」

「店に来ました。十二時を過ぎていたと思います」

「ということは金曜か土曜だな。平日は深夜営業をしてない」

「そう……ですね。店にはいろんな人が見えるので……」

「聞いてない」城戸が語気を強めてさえぎる。「金山は何をしに来た」

「それは……」

杉下が口ごもる。

城戸が顔を寄せた。

「俺は、金山のことで話を聞きたいと言った。覚悟して来たんじゃないのか」

「金山がなにをしたのですか」

「とぼけるな。おまえは任意の事情聴取を拒まなかった。その理由を言え」

「警察に協力するのは市民の務めです」

「市民だと」城戸の眉がはねた。「舐《な》めた口をきくな」

「そうおっしゃられても……どんな捜査をされているのか教えていただかなければ、協力のしようがありません」

芝居か。山田は思った。おどおどした返答に聞こえるが、肝心な部分はぼかしている。違法営業店の店長をまかされているだけのことはある。

城戸も悟ったか。首をまわして間を空けた。

「いいだろう。質問を変える。金山の職業は」

「知りません」

「店以外でも金山と会っていたのか」

「たまに喫茶店で」

「どっちが誘った」

「ほとんど、むこうです」

「おまえが誘ったときもある」

杉下が頷くのを見て、城戸が言葉をたした。

「最後に喫茶店で会ったのはいつだ。そのときはどっちが誘った」

城戸の質問の意図はわかる。金山の供述や物証と、杉下の証言の合致がほしいのだ。

金山由夫はきのうから麻布署の留置場にいる。覚醒剤所持および営利目的譲渡の容疑で現行犯逮捕した。城戸の情報屋が縁故の者を通じて金山に取引を持ちかけた。囮《おとり》捜査だ。

取調室で採取した金山の指紋は錦山の自宅から押収した錠剤のパッケージに付着していたそれと合致した。それを受けての取り調べである。

「わたしだったと思います」

「はっきり言え」

「あのう……」杉下が顔をあげた。「金山は」

「想像どおりだ。素直に供述している」

「なんの容疑ですか」

「わかってるだろう」

「刑事さんは殺人事件の担当ですよね」

「金山は被害者に会っていた。会った場所も特定した」

「わかりました」声音が変わった。「正直に話します」

「どうして気が変わった」

「殺人事件に巻き込まれたくないからです。金山は麻薬《ヤク》の売人でした」

「おまえも仲間だな」

「それは違います」杉下がきっぱりと言う。「金山に頼まれたのです。客を紹介してくれるので、悪いこととは知りながら……」

「そうかい。で、おまえもドラッグの客を金山に引き合わせた」

「認めます」

諦め口調だった。提出した店の防犯カメラの映像が頭にあるのだろう。

錦山怜奈と金山は『Gスポット』のＶＩＰルームで会っていた。金山が意識していたのか、防犯ビデオにドラッグを売買する様子は映っていなかった。が、金山は、杉下の紹介で錦山を知り、ＶＩＰルームで売買したと供述した。素直に供述しているのは殺人事件にかかわるのをおそれたからだと思われる。

「三人の関係を話せ」

「わたしが錦山さんを金山に紹介したのは成り行きみたいなものでした。錦山さんが気分転換にドラッグでもやりたいと……つい軽いノリで、紹介しましょうかと言って、その場に金山を呼んだのが始まりでした」

次第に杉下の口が滑らかになった。金山の証言と齟齬《そご》はない。

「面倒はおきなかったのか」

「はい。錦山さんは、うちの店でしか金山と会わなかったみたいです」

城戸が椅子にもたれ、息をついた。

杉下がお茶を飲む。湯呑《ゆのみ》を置くや、城戸が口をひらいた。

「ケツ持ちはどこだ」

「知りませんよ」杉下が目を剝《む》いた。「誰が売人のケツ持ちかなんて……」

「誰とは訊いてない」

「……」

杉下が口を結んだ。報復をおそれているのだ。金山もその件は口をつぐんだ。

「山田、生活安全課の者を呼べ。営業許可の再審査を頼む」

言われ、山田は動いた。

「待ってください」

杉下が声を張り、腰をうかした。

山田は、背後にまわり、杉下の両肩を押さえた。

城戸が杉下を見据える。

「正直に喋るか」

「わたしが話したとは……」

「心配するな。この先、おまえは協力者だ。俺が護ってやる」

またか。山田は胸でつぶやいた。城戸は人を使い捨てにする。事件が解決すれば赤の他人になる。城戸の口車に乗せられた連中を何人も見てきた。

麻布署の岩屋はくわえ煙草で用紙を見ていた。山田が近づくと用紙を上着の内ポケットに収め、口をひらいた。

「どうでした」

「うまく行きました。岩屋さんのおかげです」

素直な気持ちだ。『Gスポット』のVIPルームを映した防犯カメラの映像が任意の事情聴取に踏み切る決め手となった。金山の供述を映像が裏付けた。

ウェートレスにコーヒーを注文した。六本木駅の上の喫茶店に着いたところだ。

「杉下はドラッグへの関与を認めたのですね」

「ええ。やつの頭に防犯ビデオの映像があったのでしょう」

取調室でのやりとりや杉下の様子を話した。

岩屋はうまそうに煙草をふかしながら聞いていた。

話しおえ、山田はコーヒーにシュガーとフレッシュをおとした。胃が重い。捜査に手応えを感じはじめるとそうなる。神経が細いのは自覚している。

ひと口飲んでカップを置いた。

「金山には犯行時刻のアリバイがあります。ウラも取れました」

岩屋が頷く。さも当然のような顔つきだった。

「VIPルームの映像ですが」岩屋が言う。「被害者と金山の取引現場に、一度だけ熊谷千鶴が同席しています。そのことを城戸警部補は訊きましたか」

山田は首をふった。

「金山には」

「供述調書に熊谷の名前はありません」

言いながら、はっとした。

けさの捜査会議のあと、岩屋は金山に訊問したいと申し入れたが、却下された。金山逮捕は城戸の手柄である。岩屋が訊問の意図を明確にしなかったせいもあるだろう。

岩屋は熊谷に関心があるのか。その疑念が声になる。

「熊谷が気になりますか」

「いまはなんとも……」

言葉をにごし、岩屋は煙草を灰皿につぶした。

「あなた方が取調室にいる間に、金山と杉下の通話記録を見ました」

携帯電話の通話記録の閲覧を申請したのはけさの捜査会議のさなかである。山田が取調室に入る時点では通話記録を入手していなかった。

岩屋が言葉をたした。

「被害者がGスポットのＶＩＰルームで金山に会った日に、おなじ電話番号から金山に電話がかかっています」

「毎回ですか」

「ええ。それも夜の九時から十二時の間に……偶然で片づける気にはなれない。被害者はもうひとつケータイを持っていたと考えれば……」

「待ってください」早口でさえぎった。「金山の供述では、杉下から連絡を受けて、被害者に会っていた……杉下は、来店した被害者に頼まれて金山を呼んでいたと」

「真に受けるのですか」

言って、岩屋があたらしい煙草に火をつける。

山田は岩屋を睨んだ。ばかにされた気分になった。

だが、岩屋は何食わぬ顔で煙草をふかし、視線を戻した。

「その電話番号の所有者が判明しました。七十四歳の男性です」

「……」

声がでなかった。その歳でドラッグをやるとは思えない。頭を働かせた。

「金山の身内ということもありえます」

「確かめませんか」

山田は頷いて返した。否も応もない。

東京メトロとJR京浜東北線を乗り継ぎ、川崎駅で下車した。

川崎区日進町はあちこちに簡易宿泊所がある。

「あそこですね」

岩屋が前方を指さした。木造二階建てに『さざんか』の袖看板がある。路上の立て看板には〈一泊千九百円〉の文字がある。

格子戸は開いていた。土間の左右に靴箱がある。上がり框《かまち》の右側に小窓があり、そこから禿《は》げあがった五十年輩の男が顔をだした。

山田は警察手帳をかざした。

「こちらに稲葉政孝《いなばまさたか》という人は泊まっていますか」

「はい。きょうは顔を見かけてないので、部屋にいるかと……稲葉さんがなにか」

「呼んでいただけますか」

男の表情がくもった。面倒を避けたがっているのだ。

「なんなら、あがりますが」

「いえいえ。呼んできます」

男が階段をあがった。みしみしと音がした。

「ステーキセットを。和風で、ライスは大盛り」

ランチメニューを見ながら、稲葉がウェートレスに言った。

川崎駅にすこし戻ったところのファミリーレストランにいる。濃紺のズボンに鼠色《ねずみいろ》のジャンパー。稲葉は素足にサンダルをつっかけて宿泊所を出てきた。近くにレトロな感じの喫茶店があったけれど、稲葉がここを指定した。

ウェートレスが去ると、稲葉がテーブルの煙草を指さした。

「一本、めぐんでください」

岩屋が頷いた。

稲葉は煙草に火をつけ、天井にむかって紫煙を吐いた。

「あんた、ケータイを持ってるか」

岩屋が訊いた。

稲葉が顔の前で手のひらをふった。

「そんなもん、使い道がない」

「〇九〇－△三×四－五△×六……あんたのケータイの番号じゃないのか」

稲葉が小首をかしげ、ややあって表情を変えた。

「思いだしたか」

「番号は憶えてないけど、携帯電話は買った」稲葉が煙草をふかした。「頼まれたんだ。

俺の名義で買ってくれと」

「誰に」

「知らない。宿屋の前で声をかけられてね……よくあるんです。あそこに住みついてる連中が何人か……俺も期待していた」

「いつのことだ」

「はっきりとは憶えてないけど、去年の夏だったか……」

「身分証明が要っただろう」

「持ってるよ。生活保護受給証明書ってのを。住所は宿屋です」

「携帯電話の使用料は」

「頼んだ人だよ。あたりまえだろう」

稲葉があっけらかんと言った。

「どうやって支払ってるんだ。毎月、さざんかにあらわれるのか」

「まさか。銀行の通帳と三文判、キャッシュカードも渡した」

「幾らで」

「携帯電話が三万円、通帳は二万円だったかな」

ウェートレスが料理を運んできた。

稲葉が箸を持った。

岩屋は質問を諦めたようだ。伝票を手に立ちあがった。

山田も口をつぐんだ。携帯電話の購入を依頼した者の人相、風体を訊いたところで、らちはあかないだろう。

飲食料金を支払い、稲葉を残して店を出た。

「金山のケータイもおなじやり方で手に入れたんでしょう」

駅にむかって歩きながら、岩屋が言った。

そうした携帯電話は急増している。〈飛ばしケータイ〉は長くて二か月しか使えず、〈レンタルケータイ〉は長期利用できるが費用がかさむ。手間はかかるけれど、世間からはみだした老人に声をかけるほうが安くつき、警察の追及を逃れやすい。

山田は、胸の不満を声にした。

「被害者が使用していたとは証明できなかった」

「ケータイの所有者が使ってないことはわかった」

「稲葉の証言のウラは取れてない」

「ケータイショップと銀行で聞き込めばなんとかなる」

銀行名と支店名は聞いた。口座開設は携帯電話購入と同時期で、銀行にも携帯電話ショップにも話を持ちかけた男が同行したという。

岩屋が話を続ける。

「だが、その必要はないでしょう」

「なぜです」

「ドラッグの売人もGスポットの店長も、先ほどの稲葉も、捜査の的ではない。的にむかうために枝葉の疑念を一つひとつ丁寧につぶしているのです」岩屋が表情を弛めた。「ようやく、熊谷千鶴の出番が来ました」

「……」

山田は足を止め、岩屋を見つめた。

金山も杉下も殺人事案の被疑者ではない。二人とも犯行時刻のアリバイがある。が、岩屋から意中の人物がいるとは聞かなかった。

――熊谷が気になりますか――

――いまはなんとも……――

山田が疑念を口にしたとき、岩屋は曖昧に答えた。

「隠し事はやめてください」

山田は声を荒らげた。ばかにされたような気分がぶり返した。

「いま、言いました。熊谷の件をぼかしたのは確信がなかったからです。稲葉の言質を取るまで推測の話は控えようと考えました」

「いいでしょう。では、話してください。どうして熊谷なのですか」

岩屋が周囲を見渡し、左手のビルに寄った。駐車場の端で煙草をくわえる。灰皿を見つけたのだ。一服してから口をひらく。

「金山のケータイの通話記録から稲葉のケータイがわかった。稲葉のケータイの通話記録には熊谷千鶴の名前がある。所有者です」

「えっ」目も口もまるくなった。「熊谷のケータイは……」

「母親名義とは別のケータイを持っています。あなたと会う前にケータイショップに電話をかけ、熊谷千鶴名義のケータイが存在するのを確認した」

「どうしてそれを初めに……」

山田は声を切った。どうせおなじ説明を受ける。

「あなたが訊問しますか」

「まかせます」

あっさり返した。熊谷は岩屋の的だ。岩屋が洗いざらい喋ったとは思えない。

熊谷は不機嫌そうな顔でやってきた。

青山のブティック『メディテラネ』で熊谷に会い、時間を取ってもらった。先日の喫茶店で三十分。それが熊谷との約束である。

あかるい紺色のワンピースに、アイボリーのニットカーディガンを羽織っている。ミュールのつま先の、あざやかなブルーのペディキュアが目を惹《ひ》いた。

千鶴がハーブティーを注文した。

岩屋は煙草を消した。

「さっそくですが、質問を始めます」

言って、岩屋が一枚の写真をテーブルに置いた。金山の顔が写っている。

「この男に見覚えはありますか」

千鶴が手に取った。じっと見つめる。思案するような顔になった。

「どうです」

「見たような……でも、思いだせません。誰ですか」

「GスポットのVIPルームで、すくなくとも一度はあなたと顔を合わせている」

岩屋が断定口調で言った。むだを省きたいのだ。

熊谷が顔を上下させた。

「そうです。途中で入って来て、錦山さんと話していました」

「話だけですか」

「……」

まばたきしたあと、熊谷が眉尻をさげた。

演技ではなさそうだ。

「この男はドラッグの売人です。それで、思いだしませんか」

「そう言えば、この人、ケーキを持ってきました」

「被害者がカネを渡すのを見ましたか」

「いいえ。それに、この人は五、六分で部屋を出たと思います」

「わかりました」

岩屋が写真を上着のポケットに収めた。

熊谷がティーカップを持った。

ソーサに戻すのを待って、岩屋が話しかける。

「あなたのケータイを見せてください」

「えっ」

「確認したいことがある」

有無を言わせぬもの言いだった。

熊谷がポシェットから携帯電話を取りだした。先日とおなじものだ。

「もうひとつのほうです」

「………」

熊谷の瞳が固まった。

「〇八〇‐九×△一‐△×四一……あなた名義のケータイの番号です」

「それ」熊谷が息をつく。「失くしました」

「いつ、どこで」

「三か月ほど前に……場所は憶えていません」

「警察かケータイショップに届けましたか」

「いいえ」

「犯罪に悪用されるとは思わなかったのですか」

「思いました。でも、面倒くさいのが先に立ち……ものぐさなんです。ケータイはひとつあれば不便ではないし……」

「ものぐさだから、使ってないのに料金を支払っているのですか。先月も先々月も、あなた名義の銀行口座から引きおとされた」

「そうだったのですか……知りませんでした。何か月も通帳記入をしてないのです。あすにでも確認し、失くしたケータイを解約します」

「熊谷さん」岩屋が語気を強めた。「これは事情聴取だ。それも殺人事案の……うそをつけば身柄を引くことになる」

「そうおっしゃられても……ケータイを失くしたのは事実です。なんなら、わたしの部屋を捜してもらっても構いません」

先ほどの狼狽《ろうばい》の気配が消えた。

岩屋が煙草をくわえた。訊問中の喫煙は初めて見る。

「失礼」

言うなり、岩屋が熊谷の携帯電話を手に取った。熊谷が「あっ」と声を洩らしたときはすでに携帯電話を開いていた。

「被害者のアドレスがないね」

「消しました」

「何本を登録していた」

「スマホとケータイの両方です」

「一本ずつ」熊谷が頷くのを見て言葉をたした。「おかしいと思わないのか」

「えっ」

また熊谷の瞳がおちつかなくなった。

「被害者のケータイの通話記録にあったのはあなたの母親名義のケータイだった。にもかかわらず、われわれはあなたが自分名義のケータイを持っているのを知った」

「そんなこと……根掘り葉掘り調べるのが警察の仕事でしょう」

熊谷がつっけんどんに言った。ふくらんだ頬に赤みがさした。

岩屋が煙草で間を取った。

熊谷が腕の時計を見る。

山田も確認した。訊問開始から二十分がすぎた。

岩屋が口をひらく。

「被害者はケータイを幾つ持っていた」

「二つ……それしか見ていません」

「〇九〇－△三×四－五△×六……番号に憶えは」

「ありません」

「その番号の通話記録にあなた名義のケータイの電話番号がある」

「だから、何なのです」熊谷がむきになった。「その番号のケータイを錦山さんが持っていたと言いたいのですか。仮にそうだとしても、事件と関係があるのですか」

「それはこれから調べる」

「勝手にどうぞ。時間なので失礼します」

熊谷が岩屋の手から携帯電話をひったくった。

「また連絡します」

岩屋が声をかけたときはもう、熊谷は背をむけていた。

捜査会議がおわって、西麻布の居酒屋にむかった。内川係長と城戸が一緒だ。

店内はにぎやかだった。OLらしい女たちの席は喧《かまびす》しい。甲高い声は苦手だが、捜査の話をするには都合がいい。壁際の四人席に、山田は城戸とならんで座った。

内川と城戸が料理を注文する。山田は食欲がない。

「だいぶ見えてきたな」

山田と城戸のグラスにビールを注ぎながら、内川が言った。

「そうですかね」

城戸がふてくされたように言い、グラスをあおった。

不満の理由はわかっている。先刻の会議は岩屋の独壇場だった。正確にいえば、前半は城戸が主役だった。ドラッグの売人の金山と『Gスポット』の杉下店長の事情聴取の内容を軸に意見が飛び交った。ひと区切りがついたところで岩屋が手を挙げ、報告した。

雛壇《ひなだん》に座る幹部連中も五十余名の捜査員も熱心に聞き入っていた。岩屋の報告のあと、議論は携帯電話に集中した。稲葉政孝および熊谷千鶴名義の二つだ。端緒となった金山のほうはすっかり忘れ去られる展開になった。

「そう拗《す》ねるな」内川が言う。「おまえの手柄が消えたわけじゃない」

「俺は怒ってるんです。山田が報告するのならまだしも、岩屋は己の手柄のように喋りやがった。金山のケータイの通話記録を読む前にひと声かけるのが筋でしょう」岩屋を罵っても剣幕は収まらない。城戸が横をむく。「おまえもおまえだ。やつに何の遠慮が要る。

俺らは本庁の捜一なんだぞ」

「そうですね」

山田はあらがわなかった。頭に血がのぼった者にどう言おうとむだなことだ。それに、岩屋の手柄だと認めている。それを口にすれば、城戸は荒れ狂う。

店員が料理を運んできた。

内川と城戸が刺身をつまむ。山田は玉子焼きを食べた。

グラスがぐい呑みに替わった。内川は日本酒党だ。釣り船に乗れば、釣った魚の内臓を肴《さかな》に日本酒を飲むという。

内川が箸を休め、山田に話しかけた。

「岩屋は熊谷に的を絞ったのか」

「被疑者と決めつけてはいないと思います。それなら会議で報告しないでしょう」

手応えを感じた捜査員は情報を隠したがる。山田も城戸もそうだ。

「自慢したかったんじゃないのか」

城戸が言った。

「山田と二人ではむりだと判断したのかもしれん」内川がぐい呑みを空けた。「確かに光明は見えてきたが、やることは幾つもある。被害者が所持していたと思われるケータイの入手経路。そのケータイの通話記録の精査と通信相手の特定。熊谷に関していえば、ケータイを失くしたという供述のウラ取り……被害者との関係を洗い直す必要もある」

内川がよどみなく言った。

どれも一筋縄ではいかない。携帯電話は都内の繁華街のあちこちで売買されている。そうした携帯電話があるからオレオレ詐欺の被害が後を絶たないのだ。

熊谷の供述をくつがえすのもむずかしい。何らかの理由で熊谷が遺棄したのなら、それを発見するのは至難の業である。

捜査員はそれがわかっているから、喧々諤々《けんけんがくがく》の議論はほどなく行き詰ったのだった。

焼き鳥が届いた。内川が皮を、城戸はレバーを嚙む。

山田は塩味のささ身を食べた。水を飲み、顔をあげる。

「自分は、被害者と熊谷の関係を調べます」

「お前の中では被疑者か」

内川が訊いた。

「予断は持ちません。が、熊谷がうそをついているのなら、その理由が気になります」

「岩屋もおなじ考えか」

「さあ。あの人の胸のうちは読めません」

「あの人……」城戸があきれたように言う。「おまえ、洗脳されたのか」

「そうかもしれません」

あっさり答えた。こんやの城戸は相手にしない。そう決めている。

「係長」城戸が声を張った。「俺を敷鑑班に入れてください。山田はこの体たらく……俺が犯人を挙げて見せます」

「いいだろう。が、山田とは組めんぞ」

「どうしてですか」

「山田にも期待している」

「それなら、山田と岩屋を離すべきです」

「そうは思わん」内川が手酌酒をあおった。「おまえは岩屋をあまく見ている。というよりも、あいつを誤解している」

「どういうふうに」

「あいつの経歴を知ってるか」

「知りません」

内川が視線をそらした。

「山田はどうだ。岩屋から話を聞いたか」

「いいえ。教えてください」

山田は真顔で言った。興味をそそられている。

「岩屋は捜査一課にいたことがある。かれこれ十五年になるか。俺が四係、あいつは一係だった」内川がゆっくりと酒を飲んだ。「練馬区で強姦《ごうかん》致死事件が発生した。出動したのは一係だった。事件発生から三週間経って容疑者が浮上した。目をつけたのは岩屋だ。報告を受け、捜査本部の幹部らもその容疑者に的を絞った。窃盗の容疑で身柄を引き、取り調べを行なった。が、アリバイの壁を崩せなかった」

「心証は黒だった」

山田の問いに、内川が頷いた。

「法廷で争うだけの物証を得ていたとも聞いた。しかし、アリバイのある者はどうしようもない。検事は起訴を見送った。釈放された容疑者は、マスコミを利用して騒ぎ立てた。警察は誤認逮捕だったと公表せざるをえなかった」

「岩屋は責任を取らされた」

城戸の問いかけには首をふった。

「みずから異動を願いでた」

言って、内川が息をついた。

テーブルの上が静かになった。空気がよどんだ。

「以来、一度も昇任試験を受けてないそうだ」内川が間を空け、山田を見た。「あいつの捜査はウラ取りに徹底しているだろう」

「ええ。急がず、あせらず、一段ずつ階段をのぼっています」

「おまえには勉強になる。で、おまえと岩屋は切り離さん」

「わかりました」

城戸が無口になった。

「美味いな、こりゃ」

内川が笑顔で言い、届いたばかりのもつ鍋を突いた。

山田は席を立った。ポケットの携帯電話がふるえている。

そとに出て、着信履歴の一番上の電話番号に発信する。

《情報、増えたよ。おいで》

いつもの口調だ。

「行かない」

《どうしたん。事件が解決しそうなの》

「どうかな」

瀬戸美波のさぐるようなまなざしがうかんだ。

《おかしい。きょうのヤマちゃん、変やわ》

「そうかもしれん」

自分でも変だと思う。どういう状況でも、声を聞けば会いたくなる。その感情が湧かない。内川の話を聞かなければ、違う返答をしただろう。

「またな」

通話を切り、店に戻った。

★　★

客席に若い女が二人いた。ひとりは知っている。『ゴールドウェブ』の三谷明日香だ。

小栗はカウンターに腰をおろした。

「派遣も始めたのか」

「サラリーに不満があるとは知らなかった」石井は笑顔だ。「バイトするやつはいるかと声をかけたら五人のうち四人が手を挙げた。で、日替わりにした」

「社員からもピンハネするのか」

「あたりまえだ」

詩織がおしぼりを差しだした。

「助かった。お客さんもたのしそう」

小栗はちらっとうしろを見た。三人の客は初めて見る顔だった。

「いつもの」

訊かれ、カウンターを見た。山崎18年のボトルがある。

「オグちゃんのボトルも入れてくれた」

「それも18年か」

「貧乏人が背伸びをするな」石井が言う。「錯覚の本だ」

「ふん」

頬杖をつき、煙草をくわえた。

詩織がラフロイグの水割りをつくって、離れる。

「ブライト・ライフの個人情報が洩れていた」

石井が小声で言った。

客の耳を気にしたのか。そう思って、気づいた。うしろの客は石井の知人なのだ。あるいは、『ゴールドウェブ』の取引先の者か。訊くのは野暮だ。

「ブライト・ライフを調べたのか」

「あんたが会った予備校の講師に話を聞いた。日高という野郎にも……」

「おい。キャリアが増えるぞ」

前科とは言えない。小栗も客が気になる。

「カネがある」

半グレどもを雇ったか。それも無視だ。

「現物を見た。ブライト・ライフの顧客データのコピーだった」

小栗は黙ってグラスを傾けた。まだ続きがある。

「日高が接触したほかの二人からも話を聞いた。そいつらもブライト・ライフとつながっていた。錦山に声をかけられ、グループに入ったそうだ」

「日高が狙ったのは錦山の関係者だけか」

石井が首をふる。

「日高は七つの会社の個人情報を持っていた。俺が見たのはトラブルをかかえている者のリストだが、それだけで百人を超える」

「充分しのぎになるな」

「日高は組織の末端だ。上の連中の名前は知らなかった」

小栗は目を見張った。

日高を痛めつけたのだ。末端の者でも組織の制裁をおそれて簡単には口を割らない。

「心配するな」石井が言う。「カネをくれてやった。航空券付きだ」

ほとぼりが冷めるまで海外へ逃がしたのだ。

「カネを使わせて、すまん」

「どうってことない。本業で元は取る」さらりと言い、石井が水割りを飲む。「日高のすぐ上の野郎の名前がわかった。尾崎というそうだ」

「あのチンピラか」

「知ってるのか」

「ＹＫ信用調査のオフィスで電話番をしていたやつも尾崎と名乗った」

小栗は、『ＹＫ信用調査』でのことを話した。

「なるほどな」石井がひと息つく。「吉田という社長は雇われだな。尾崎の上はおそらく麻布信販の稲毛……麻布信販の諸橋とかいう社長も雇われだろう。吉田も諸橋もやくざ年鑑には載ってなかった」

そんな年鑑はない。石井は暴力団のネットワークにあかるいのだ。

稲毛は金竜会の郡司のフロントか。そのひと言は胸に留めた。

――石井の野郎、親分にかわいがられているからと、図に乗ってやがる――

郡司の声が鼓膜に残っている。石井が金竜会の会長と親しくしていようと、小栗には関係ない。が、石井の心中は気になる。

石井がナッツを嚙んだ。

「ママ」うしろから声がした。「歌ってもいいですか」

詩織が視線をむけた。打診のまなざしだ。

小栗は頷いた。どんな歌声かわからないけれど、気を遣わずに話ができる。

イントロが流れてから、石井が口をひらいた。

「ブライト・ライフだが、内部調査をしたようだ」

「情報の流出は内部の者の仕業と疑ったわけか」

「そういうことだろう。で、ブライト・ライフは情報システム会社にパソコン診断を依頼した。俺とつき合いのある会社だ」

「いつのことだ」

「ことしの三月……情報システム会社は社員を派遣し、三日間、深夜の時間帯にすべてのパソコンを調べた」

「誰が依頼した」

「さすがに個人名は言わなかった。世話になっている人を威して訊くわけにはいかん」

「調査の結果は」

「内部者が顧客データファイルにアクセスし、流出させた痕跡があると……調査報告書にはそう書いたそうだ」

「社員なら誰でもアクセスできるのか」

「いまは二重三重のセーフティをかけているようだが、それでも安心はできん。一般的にはパスワードを知っていればアクセス可能だ。ただし、データを入力する者でもパスワードを知らないことはある」

小栗はため息をついた。聞いて理解できるのならパソコンを遠ざけない。酒と煙草で間を空け、話題を変えた。

「あんたはどうする。業界の危機にひと肌脱ぐか」

「くだらん。ここを出たら、忘れる」

「それなら、クズも忘れろ」

「ん」

「頼んでおいて勝手な言種《いいぐさ》だが、面倒に巻き込みたくない」

やはり郡司の言葉が気になる。

「よけいなお世話だ。俺は、あんたが警察官になる前からグレてる」

「生まれつきじゃなかったのか」

石井が目元を弛めた。

小栗は視線をそらし、詩織の横顔を見た。じっと客席を見ている。歌声が耳に入った。音量も声量もほどよい。吉田拓郎の『落陽』だったか。歌詞に〈サイコロ〉があるのは憶えている。中学生になったころ、口ずさんでいた。

詩織の元夫は博奕《ばくち》も好きだったのか。ふと思い、頭をふった。それはない。それなら、慰謝料をもらえなかっただろう。不運の中にも幸運はひそんでいる。

「もういいのか」

声がして、視線を戻した。

「河岸を変えるか」

「まかせる」言ってすぐ思いだした。「このあたりの麻薬《ヤク》の売人を知ってるか」

「名前は。新人はむりだぜ」

「金山……三十半ばだ」

「記憶の野郎なら、郡司組の息がかかっている。稲毛が面倒を見ているはずだ」

小栗は顔をしかめた。避けようとしたのに、また稲毛が登場した。

煙草を消し、グラスを空けた。

フェイスガードをつけた男があらわれた。

一瞬とまどったが、尾崎とわかった。目がにごっている。

「あがるぜ」

小栗は靴を脱ぎ、奥へ進んだ。

ソファに男がいた。四十代半ばか。ピンクのシャツにブラウンのネクタイ。小柄で顔がちいさい。写真で見た印象とは異なる。

「吉田さんか」

「そうです。麻布署の小栗さんですか」

丁寧なもの言いだ。おとといの電話でのねばりつくような声音ではなかった。

頷き、小栗は吉田の正面に腰をおろした。ジャケットの胸のふくらみが気になる。きょうも拳銃を携帯している。

「どういう風の吹きまわしだ」

吉田から電話がかかってきた。携帯電話の番号は『麻布信販』の稲毛に聞いたという。

「そう責めないでください。先日は失礼しました。戻るつもりだったのですが、接客が長引きましてね。ご覧のとおりの零細企業でして、ひとりの客も粗末にできません」

立て板に水のように喋った。

「繁盛しているみたいじゃないか。社員がいない。おといも出払っていた。デキの悪いガキを雇う余裕もある」

「からかわないでください」吉田が鷹揚《おうよう》に言う。「小栗さんは殺人事件の捜査をされているそうですね。亡くなられた方のことで、わたしに話があるとか」

「被害者の名前は」

煙草をくわえ、火をつける。そのあいだ、吉田の表情を観察した。

「稲毛さんに教わり、ネットで確認しました。錦山怜奈さん……まだ三十四歳、しかも会社の社長……さぞ無念だったでしょうね」

「それだけか」

「はあ」

「いまのは赤の他人が言う台詞だ」

「わたしは、錦山さんと一面識もありません。あれば葬儀に参列しました」

「ちかごろの探偵は口先で商売するのか」

「そうおっしゃられても……わたしに嫌疑がかかっているのですか」

「心あたりがあるのか」

「めっそうもない。わたしは小心者で、人を殺す度胸なんてありません」

「そんなものはいらん。度胸も根性もないやつらが年寄りや子どもを殺すんだ」

「……」

吉田が眉をひそめた。

小栗は一服して、煙草を消した。

「改めて訊く。被害者を知ってるか」

「いいえ」

「身近な者から被害者の名前を聞いたことは」

「ないです」

「ブライト・ライフという会社に憶えはあるか」

吉田が頭をふった。

「ネットで知りました」

「ここの依頼者の中にネットビジネスの関係者はいるか」

「お答えできません。守秘義務があります」

「ほう。個人情報の守秘義務か」

「ええ。それを護らなければ、この稼業はやって行けません」

「他人の秘密につけ入る稼業だろう」

「えっ」

「他人の弱みをつかんで、依頼者に報告する……そうじゃないのか」

「そう言われると返答にこまります」

吉田が息をついた。

小栗には安堵《あんど》の吐息に感じた。別の言葉を意識したのか。

「邪魔したな」

小栗は煙草とライターをポケットに戻した。

「もうよろしいので」

「ものたりんのか」

「そういうわけでは……先ほどの話で、気になることがあります」

「なんだ。言ってみろ」

「身近な者と……わたしの身辺に疑わしい者がいるのですか」

「逆に訊く。人殺しをするような連中とつき合っているのか」

吉田がぶるぶると頭をふった。

「ほかに訊きたいことは」

「ありません」

「いいだろう。俺の質問もおわりだ。あんたの話は」側頭部を指さした。「ここにある。それを忘れるな。証言にうそや矛盾があれば、偽証罪で逮捕する」

「そんな」吉田の声がひきつった。「偽証罪というのは……」

「うるさい。警察官に講釈をたれるな。罪状は俺が決める」

吉田があんぐりとした。

「あんたは務めを果たした。俺は職務をおえた。きょうはこれまでだ」

言い置き、小栗は腰をあげた。

確信したことがある。吉田は、『麻布信販』の稲毛に命じられ、連絡をよこした。捜査協力は会う口実にすぎない。自分がどんな捜査をしているのか、さぐりたかった。賭博、ドラッグ、マルチ被害。どれを口にしても、稲毛は手を打つ。警察の手から逃れる手段を講じるか、もしくは稼業を畳むか。

確信の背景には石井の話がある。石井は、日高という男をさらい、威して事情を聞き、証言者となった日高の身を護るために遠くへ逃亡させた。

もうひとつある。日高の直の上司という尾崎はデスクに座り、ずっと携帯電話をさわっていた。自分と吉田のやりとりを誰かに報告していたと思われる。

「おい、尾崎。見送りはせんのか」

尾崎が舌を打ち鳴らした。

「頼む。情報をわけてほしい」

岩屋が頭をさげた。ワイシャツのうしろ襟が汚れている。

小栗はコーヒーカップをソーサに置いた。灰皿の煙草の煙がゆるやかに流れる。

麻布署裏のカフェテラスで岩屋と向き合っている。一時間前に電話があった。官給品のほうだった。電話番号は近藤に聞いたという。その意味するところは察した。岩屋には官給品も私物のほうも電話番号を教えていた。筋を通した。そういうことだ。

岩屋が顔をあげるのを待って口をひらいた。

「見返りはありますか」

誘うように言った。期待ではない。岩屋ならそれを用意したと確信している。

岩屋が目尻に小皺《こじわ》を刻んだ。

「これを」

岩屋が上着の内ポケットから用紙を取りだした。

小栗は手に取った。〈入出金明細書〉とある。個人名を見て目の色が変わった。去年の九月一日からきのうまでの入出金が記載してある。

小栗は顔をあげた。

「どうして九月から」

「その銀行で口座を開設したのが九月一日だった。熊谷千鶴はほかに二行の口座を持っているが、あなたが興味を示すのはそれかと」岩屋が煙草を喫いつける。「赤の他人に頼まれて自分名義のケータイを売った男がいてね。その男は、ケータイと一緒に銀行の通帳と判子、キャッシュカードも売った。ウラは取ってないが、ケータイを購入した日に銀行口座を開設した。それを聞いて、思いついた」

「熊谷を疑っている」

「ああ。しかし、被疑者としてではない。彼女には確かなアリバイがある。熊谷はなにかを……事件の背景の一部を隠していると思う」

小栗は視線をそらした。

昼寝をむさぼっているような風景だ。都心にも静寂の一刻はある。ゆっくりと煙草をふかした。幾つかの記憶をたぐり寄せたあと、視線を戻した。

「なにが知りたいのですか」

「すべて……と言いたいところだが、被害者と賭博事案の接点を……熊谷に関する情報があれば、それもお願いしたい」

「この」用紙を指さした。「通帳とキャッシュカードを押収しましたか」

「首が飛ぶ」岩屋が苦笑した。「独断でそれを入手した。相棒も知らない」

　小栗はじっと見つめてから口をひらいた。

「錦山はフラミンゴというインターネットカフェの経営にかかわっていたと睨んだ。永澤企画という会社が経営しているが、設立の原資は不明。永澤企画の背後には稲毛というフロントがいる」

　話しながら気づいた。岩屋は耳を傾けているだけだ。

「メモを取ってください。心配になるのなら話しませんよ」

　やさしく言った。

　岩屋が目で礼を言い、手帳を開く。

　ペンを持つのを見て、小栗は話を続けた。

「稲毛の肩書は麻布信販の役員。広尾に事務所があり、おなじビルにはYK信用調査という会社がある。YKはマルチ商法のトラブル処理にかかわっている」

　大学院生の長島や予備校講師の安藤のことをかいつまんで話した。

　岩屋はまばたきを忘れたかのように聞き、ペンを走らせた。

「永澤企画、麻布信販、YK信用調査はひとつ穴の狢と思われる。背後に控えるのは金竜会若頭補佐の郡司……郡司のフロントの稲毛が現場を仕切っている」

岩屋がペンを置き、あたらしい煙草に火をつけた。

「被害者とネットカフェとの接点……端緒はマルチ商法というわけか」

「さらに絞れば、ブライト・ライフの個人情報の流出でしょう」

「被害者は個人情報が流出したことで威された」

「それなら賭博で得た利益の配当はもらえない」

熊谷の銀行口座には三月と四月、それぞれ二十日に振込入金があった。振込人はサクライユウコ。それ以外の振込人は男性名で、すべて名前が異なる。

小栗は用紙を指さした。

「このサクライという人物からのカネがネットカジノのあがりの一部で、そのほかの振込は個人情報の流出にかかわるカネだと思います」

「被害者が自分の会社の個人情報を流したと考えているのか」

小栗は頷いた。

「それで、被害者にどんなメリットがある」

「わかりません」

正直に答えた。その部分には靄がかかっている。しかし、錦山が自社の個人情報を流したのは確かだろう。

「そっちの捜査も」

小栗は首をふった。

「ご存知でしょう。俺はずぼらなもので……賭博事案が片づけば手を引きます」

岩屋が息をついた。

小栗はコーヒーを飲んでから言葉をたした。

「熊谷千鶴の証言で気になることがある」

「……………」

岩屋の表情が締まった。

「錦山以外に、ブライト・ライフの社員は知らないと……が、専務の矢野は熊谷を、すくなくとも熊谷がブティックに勤めているのは知っていた」

――わかりました。もうひとつ……千鶴という人をご存知ですか――

――名字は――

――熊谷さん。生前、被害者が親しくしていた方です――

――ブティックの……知っています――

矢野とのやりとりだ。その直後に予備校講師の声がして会話が途切れた。

「ブティックの店長も、錦山以外の社員を知っている可能性がある。熊谷は、葬儀の日取りを店長に聞いたと証言した」

「ありがとう」岩屋が頭をさげ、すぐに姿勢を戻した。表情が弛んでいる。「しかし、どうしてここまで話してくれたのかな」

「邪魔をされたくないからです」

「えっ」

「ウラ取りで麻布信販やＹＫ信用調査に家宅捜索をかけるのも結構……ただし、すべては週明けにしてください」

「なるほど」岩屋がおおきく頷いた。「約束する。それに、わたしは亀なので、いまの話のウラを取るのにも時間がかかる」

「スッポンの間違いでしょう」

「いやいや」岩屋が相好を崩し、笑顔のまま言い添えた。「ご健闘を祈る」

「祈られる神が迷惑……俺を護るのは死神くらいのもんです」

「もったいない」

岩屋が独り言のようにつぶやき、手帳を仕舞った。

小栗はそとを見た。

街路樹の葉が気持ちよさそうにゆれている。

麻布署に戻って近藤係長に声をかけ、取調室に入った。

「俺を売るとは、ひどい上司ですね」

内側からドアを閉めるなり、小栗は言った。

「感謝しろ」

近藤が椅子に座り、手を差しだした。

小栗は先に一本ぬきとり、煙草のパッケージとライターを近藤の手のひらにのせた。

近藤が紫煙を吐いた。

「あの岩屋が、手土産なしに頼みごとをするとは思えん」

「おっしゃるとおり」

小栗も煙草をふかした。

「家宅捜索の令状をお願いします」

近藤が目を白黒させた。

「本気か。内偵捜査も踏んでないんだぞ」

「店を畳まれます。いいんですか」

「しかし……」近藤が顔をしかめる。「雑魚を挙げても点数にはならん」

「本丸に迫ります」

「ほんとうか」表情が一変した。「カネの流れも解明できるんだな」

「その予定です。うまく行ったら岩屋さんと祝杯を……俺もゴチになります」

「いいだろう。署長の祝儀分からくすねておく。で、いつやる」

「あしたの午後十一時。土曜のその時間帯は最も客が多い。それに、店長は十一時過ぎに店から出てくる。その直前に店の状況や賭け金の動きを報告するはずです」

「誰に。永澤企画の社長か。麻布信販の稲毛か」

「帳簿の管理は永澤ですね。稲毛の手元に物証となるものは置かない」

「とりあえず、永澤を引っ張るんだな」

「ええ。きょうから永澤の監視をお願いします。フラミンゴへのガサ入れ開始と同時に永澤の身柄を確保してください」

「手配する」

「渋谷署に調べてもらいたいことがあります」

「なにを」

「稲毛の周辺に、サクライユウコという人物がいるかどうか」

「何者だ」

「ことしの三月と四月の二十日、熊谷千鶴の銀行口座にカネを振り込んだ人物です。三月が一三六万円、四月は八四五万円……どちらも月末に引きだされており、錦山は同日にほぼおなじ金額を自分の口座に入金した」

「偽名かもしれん」

「調べればわかることです」にべもなく言った。「渋谷署には、ガサ入れの時間帯の稲毛の監視を要請してください」

「身柄は引けん。稲毛とフラミンゴを結びつける物証がない」

「わかっています。だから、監視です。で、稲毛が動くようであれば職務質問《シヨクシツ》をかける。渋谷署には逃亡のおそれがあるとでも……むこうもマルチの手柄がほしいでしょう」

「おまえは人の欲につけ入るのが得意だな」

「係長で勉強しました」

「そりゃどういう意味だ」

「係長は生きる教材です」

なんとでも言える。言うのはタダだ。

近藤が首をかしげたあと、口をひらく。

「装備は……俺も拳銃を携帯するほうがいいか」

「行くのですか」

「あたりまえだ。俺が指揮を執る。おまえは現場を仕切れ」

小栗は肩をすぼめた。あきれるのも飽きた。

路上は若者の姿がめだつ。二人連れの女が足を止め、こっちを見た。気にしない。どうせずに興味は失せる。

小栗は『フラミンゴ』の裏手の路地にいる。近藤係長と福西、南島をふくめて地域課の者が四人、制服警察官が五人いる。同僚の二人は永澤を監視している。

制服警察官に声をかけた。

「二人は非常階段で六階にあがり、踊り場で待機しろ。上から降りてくる者がいれば、その場で職務質問をかけ、抵抗すれば逮捕だ」

「はい」

声がして、二人が去る。

残る三人の制服警察官にも話しかけた。

「おまえらはビルの入口を見張れ。エレベーターから出てきた者に声をかけろ」

「全員ですか」

「そうだ。七階から降りてきた者は身柄を押さえろ」

「わかりました」

動きかける三人を制した。

「待て。一緒に行動する」腕の時計を見る。午後十時四十七分。「最後の確認だ。南島、おまえはどうする」

「事務室に入り、パソコンを押さえます」

「しくじるな。決め手となる物証だ」

「はい」

南島の声は硬かった。

「福西は」

「店長の身柄を確保します」

小栗は頷いた。

「地域課は客室に入り、客の動きを封じてくれ」

「手錠を打つのですか」

「係長の指示に従え」近藤に顔をむける。「証拠品の確保を最優先してください」

「わかってる」

近藤の顔が紅潮している。小栗とは初めて一緒に出動した。

エレベーターが七階に停まり、扉が開く。

「麻布署だ」

福西が声を発した。

カウンター内に二人の男がいた。店長の武蔵が横に動く。

「止まれ」

小栗は銃口をむけた。身体が固まった。トラウマは消えていなかった。

「これは、何なのですか」

武蔵が目の玉をひん剝《む》いた。

「家宅捜索だ」

近藤が声を張った。手に令状がある。

同時に、福西がカウンターを飛び越えた。意外に身軽い。

「武蔵亮太《りょうた》、賭博開帳図利の容疑で逮捕する」

手錠を打つ音が響いた。

小栗は、磁気読み取り機にカードをかざした。坂本の会員カードだ。

ガラスの扉が開く。

南島が真っ先に踏み込み、左側のドアを開ける。事務室だ。

小栗は、拳銃を懐に収めた。

「七〇一と七〇四、七〇五が稼働中」南島の声だ。「八階は一、二、四、七です」

小栗は地域課の三人に声をかけた。

「階段であがれ」

指示し、七〇一のドアを引き開けた。

「なんだ、てめえ」

ふりむきざま、椅子に座る男が怒声をあげた。

小栗はにんまりした。堅気でないのはあきらかだ。暴力団員なら点数を稼げる。

「動くな。手は頭の上に」

男が従った。警察官に刃向かう根性はなさそうだ。

両手に手錠をかけ、腕を取る。

「床に寝ろ。うつ伏せだ」

男が言われたとおりにする。

小栗はパソコンを見た。

ディスプレイで金髪の女がほほえんでいる。アングルが変わり、バカラ卓が映った。画面の下に〈BANKER〉と〈PLAYER〉の文字がある。ツラ目だ。〈PLAYER〉に○印が七つ続いていた。

「バンカーに張り続けて熱くなったか」

声をかけ、ふりむいた。

男が膝を立て、両手を伸ばしていた。

その先を見る。取り付けのテーブルにポットとカップがある。

「あっ」

声が洩れた。

男が立ちあがろうとする。

小栗は脇腹を蹴った。男がひっくり返る。靴の踵で男のみぞおちを踏みつけた。

「なにをしてる」

近藤が入って来た。

「おまけ付きです。筋者と覚醒剤」

テーブルを指さした。小皿のそばに注射器がある。針付きは使用済みの証《あかし》だ。

「いいね」

近藤の頬がおちそうになった。

★

★

週明けの月曜日――

朝の捜査会議がおわっても捜査員の大半は本部に留まった。

山田と岩屋は会議に参加しなかった。午前八時に熊谷千鶴のマンションを訪ねた。家宅捜索令状を示したうえで、任意同行を求めた。熊谷を麻布署の取調室に入れてから捜査本部に足を運び、報告をおえたところだ。

幹部連中から離れ、ドア口へむかう。

「岩さん、頼みます」

捜査員のひとりが声を放った。

岩屋が無言で部屋を出る。

山田も続いた。

「訊問をお願いします」

歩きながら、岩屋が言った。

「なぜですか」

「女の人は苦手なもので」

山田はほかに理由があるような気がした。しかし、拒む理由はない。

「小栗は立ち会うのですか」

岩屋が小栗に会い、情報を交換したことは聞いた。

「声はかけたが、ことわられました」

「どうして……むこうの捜査事案も絡んでいるのに」

「こちらの供述調書を読むそうです」

「いい加減な」

「だから万年巡査長……」

岩屋がたのしそうに言った。

取調室のドアを開けても、熊谷はふりむかなかった。ちいさくなったように見える。

山田は、上着を椅子の背にかけ、熊谷と正対した。岩屋が背後に立つ。小デスクに座る制服警察官が姿勢を正した。

「自分は山田一也、巡査部長。これより、訊問を始める」

熊谷の氏名、住所、生年月日、職業を訊く。

「任意同行を求めた理由はわかっているね」

「錦山さんのこと……でも、自宅の家宅捜索は納得がいきません」

「証拠隠滅のおそれがあると判断した。その話はあとで……」ひと息ついた。「はじめに、あなたと被害者の関係を話してください」

「先日話しました」

「本日はあなたの証言を記録します」

熊谷の肩が上下した。怒りをこらえているように感じた。それでも、熊谷はよどみなく喋った。青山骨董通の喫茶店での話とおなじ内容だった。きのう事情を聞いた『メディテラネ』店長の証言と合致している。

「メディテラネに勤めて何年ですか」

「七年になります」

「被害者と初めて会ったのは」

「三年くらい前に、お店で」

「あなたが接客した」

「いいえ。店長でした」

「そのとき、被害者はひとりでしたか」

「矢野さんと一緒でした」

「矢野さんのフルネームと職業を言ってください」

「矢野翠さん。翡翠《ひすい》の翠……ブライト・ライフの専務です」

「あなたと矢野さんの関係は」

「お客様です」熊谷が怒ったように言う。「店長と矢野さんのつき合いは長くて、お店ではわたしが接客をまかされることもありました」

「被害者はどちらが」

「わたしか店長……親しくなってからはわたしが担当しました」

「去年の夏以降ということですね」

「はい」

熊谷が目を閉じ、左手で首をほぐす仕種を見せた。

「休憩しますか」

「結構です」

熊谷がはねつけるように言った。

ドアが開き、内川係長が顔を覗かせた。

手招きされ、山田は通路に出た。

ドアのかたわらに女性警察官が立っている。彼女から距離を空けた。

「通帳と口座開設に使用した判子は押収した。が、キャッシュカードが見つからない」

内川が小声で言った。

「通帳は記帳してありますか」

「ある。最後の記帳は事件発生の一週間前だ」

「わかりました。訊問を続けます」

「どうだ。喋りそうか」

「これからです」

内川から茶封筒を受け取り、取調室に戻った。

熊谷はデスクに両肘をつき、背をまるめていた。岩屋は壁にもたれている。二人が話したような雰囲気は感じなかった。

熊谷が姿勢を戻すのを待って、山田は話しかけた。

「失くしたケータイは解約しましたか」

「きのうショップに行きました」

「警察は遺失物として預かっていない。家宅捜索でも見つからなかった」

「あたりまえです。うそなんてついていません」

「いいでしょう。この先も正直に話してください」

言って、山田は上着のポケットから用紙を取りだした。〇八〇－九×△一－△×四一。熊谷千鶴名義の携帯電話の通話記録だ。

「ケータイを失くしたのは三か月前でしたね」用紙をデスクに置く。「三月も四月も、今月も通話している。メールがないのは不自然だけど……最後の通話の日時と、通話の相手の名前と電話番号を見てください」

熊谷が視線をおとした。

「先々週の水曜、午前八時三十三分。あなたのケータイからかけている。相手の名前を読みあげてください」

「矢野翠さん」

か細い声だった。

「その前日、火曜の午後七時三十二分。こちらは相手がかけてきた。〇九〇－△三×四－

五△×六。相手の名前もお願いします」

「稲葉政孝……知らない人です」

「七時三十二分は被害者がスポーツジムにでかける前です」

その七分後、マンションのエレベーターの防犯カメラが錦山の姿を捉えていた。

「通話時間は一分四十一秒。通話を切って一分と経たない七時三十四分に、あなた名義のケータイから矢野さんのケータイにかけている」

熊谷は返答しなかった。うつむいたままだ。

「これをどう思う」

「どうって……」

熊谷が顔をあげた。睫毛《まつげ》がふるえている。

「稲葉という人物と面識がなくても、電話番号には覚えがある。そうだね」

「知りません」

「とぼけるな」声を張った。「稲葉名義のケータイは被害者が使っていた」

「そう言われても……」声もふるえた。「答えようがありません」

山田は顔を近づけた。

「ケータイをどこに捨てた」

「……」

熊谷が何度も頭をふる。そのたび血の気が失せた。

山田は質問を変えた。ここは一気に畳みかける。茶封筒を手にした。ビニール袋の中に銀行の通帳が入っていた。

「あんたの通帳だな」

もの言いはもう元に戻らない。

「はい」

「口座を開設したのはいつだ」

「去年の九月です」

「先日の喫茶店で、あんたは自分をものぐさと言った。記帳しないので、ケータイの料金が引きおとされているのを知らなかったと」

「ええ」

「この通帳はまめに記帳してある」

「それは……」

熊谷が言いよどんだ。

「キャッシュカードはどこだ」

「……」

熊谷が口をもぐもぐさせた。声にはならない。

「被害者に渡した」

「いいえ」

蚊の鳴くような声がした。

「あんたは被害者にかわいがられていた。正直に話すのが供養になる」

「……」

「この通帳は、ある犯罪に使われた。知っていたか」

熊谷の顔が上下した。空唾をのんだように見えた。

「黙っていれば、あんたにも嫌疑がかかる。いいのか」

しばしの沈黙のあと、熊谷が口をひらいた。

「錦山さんに頼まれました。ケータイも銀行の口座も……キャッシュカードは銀行から家に届いた日に渡しました」

「理由を聞いたか」

「いいえ」

「なぜだ。どちらも大事なものだろう」

「そのときはそんなふうに考えなかった。お世話になっていたし、信用していたから……それに、マンションの家賃を払うと言われて」

渋谷区代々木上原のマンションは築三年の１ＬＫ、家賃は十一万三千円である。去年の九月に入居していた。賃貸契約の保証人は熊谷の父親と錦山だった。

「それならなおさら不安になると思うが」

「会社とは別の仕事を始めると……錦山さんは独立したがっていたのです」

「独立とはどういう意味だ」

「くわしいことは知りません。でも、専務の矢野さんとうまく行ってないような……ブライト・ライフは矢野さんのものだと……そんな愚痴を聞いたことがあります」

興味は湧いたが、それに蓋をした。脇道に逸《そ》れたくない。

「別の仕事の内容を聞いたか」

「最初は知りませんでした。知りたいとも……」

声を切り、熊谷がくちびるを嚙んだ。

山田は目で先をうながした。

「矢野さんに……店長に言われて矢野さんに会い、そのとき知りました。ほんとうかどうかわからないけど、錦山さんは会社の個人情報を売っていると矢野さんが言って……協力してほしいと頼まれました」

途切れながらも、しっかりとした口調で言った。

「どうして、あんたに。矢野さんは二人が親しいのを知っていたのか」

「店長です。わたしは、店長には何でも話していました。原宿にあるギャル向けのアパレル店でアルバイトをしていたときに声をかけてくれた恩人です。店長は矢野さんと仲がよくて、わたしの話をしていたそうです」

「ケータイや銀行口座のことも店長に話した」

「ええ。家賃のこと以外は」

熊谷が椅子にもたれた。肩で息をする。

山田はまぶたを押さえた。神経が張り詰めている。ここまでの熊谷の証言とブティック店長の証言に食い違いはない。

「矢野さんの頼みを、あんたは引き受けた」

「ことわれなかった。店長に相談したうえでのことだと言われては……錦山さんにもお世話になったけれど、わたしにとって店長は大切な人です」

山田は首をかしげた。が、話を前に進める。

「矢野さんになにを頼まれた」

「錦山さんと会ったときのことや、電話とメールのやりとりを教えてほしいと」

「それだけじゃない」語気を強めた。「通帳のカネの動きも報告した。ものぐさなあんたがまめに記帳したのはそのためだ。違うか」

熊谷がうなだれた。顔は髪に隠れた。

山田はふりむいた。岩屋が頷くのを見て姿勢を戻した。

「事件当日のことを訊ねる」

熊谷が顔をあげた。頬が濡れていた。

山田は携帯電話の通話記録を指さした。

「午後七時三十二分、被害者はあんたに電話をかけた」

熊谷が頷いた。

「どんな話を」

「これからジムに行くけど、どうするって。行ってみたいと話していたのです。矢野さんに頼まれて……ジムに行く日と時間を知りたいと言われました」

「理由を聞いたか」

「錦山さんが会社を裏切っている証拠を見つけたいと……ジムにいる間に部屋の中を調べると……最後の頼みと言われて引き受けました」

「七時三十四分は、あんたが矢野さんに電話した」

「そうです。八時から二時間、ジムにいると伝えました」

「被害者の部屋の鍵はあんたが盗み、矢野さんに渡した」

「はい。錦山さんの部屋へ遊びに行ったときは鍵を借りてコンビニとかにでかけていたので、スペアキーのある場所を知っていました」

山田は腕の時計を見た。訊問開始から一時間が過ぎた。

まだ訊きたいことは幾つもある。疑念もふくらんだ。が、優先することがある。

「訊問を中断する」

「帰れるのですか」

熊谷の眉尻がさがった。

山田は首をふった。

「昼食をとって、しばらく身体を休めなさい」

岩屋が動き、ドアを開けた。

女性警察官が入って来て、立ちあがる熊谷に寄り添った。


「どう見えました。真実を話したと思いますか」

助手席のシートベルトを締めながら、山田は訊いた。

岩屋が小首をかしげ、ギアシフトを握る。これから麻布署の車で渋谷へむかう。

山田は話を続けた。

「自分は、被害者の行動も、熊谷が矢野に協力した理由も納得できません。ブライト・ライフは業績がよかった。共同経営者の矢野に不満があったとしても、その会社を捨て、独立するなんて常識では考えられない。熊谷も……矢野に被害者以上の恩義があるのならともかく、ブティックの店長を介しての関係ですよ。世話になり、おいしい思いをさせてもらった被害者を裏切りますか」

胸に溜まる疑念を吐きだした。

「どうして本人に言わなかった」

岩屋が前を見たまま言った。

車は六本木通を走りだした。

「事実の確認を優先しました」

「それでいい」岩屋があっさり言う。「犯人を挙げ、事件を解決する……刑事の職務はそれに尽きる。裁判を維持できる証拠と証言を集め、犯行の動機を解明する。わたしは、事件の背景をあまり気にしないよう心がけている」

「なぜですか」

「あなたは謎を解きたいのか。確信したいのか」

「えっ」

「そんなもの、推測の一部にすぎない。事実を積みかさねようとも、人の心の中が透けて見えるわけじゃない」

「それでは刑事として……」

「うがちすぎだ」

岩屋が声を荒らげた。

山田は返す言葉を失った。

「もう一歩です」岩屋の声音が戻った。「一緒に殺人犯を捕まえよう」

西麻布の交差点を過ぎた。

怒りは湧かない。神経がささくれないのが不思議だった。

「小栗はどう思うでしょうか」

「さあ。あの人は……空っぽかもしれない」

山田はきょとんとした。何となく意味はわかる。あの人と言ったのにおどろいた。

車は宮益坂の途中で停まった。

そとに出るや、男が近づいてきた。捜査本部の同僚だ。

「八時半に出社したきり、姿を見せません」

ブティック店長の証言を受けて、きのうから四人の捜査官が矢野を監視している。

「ご苦労さん。正面エントランスのほかに出入口は」

「非常階段は建物の中なので、エントランスに出るしかありません」

「では、念のために、あなたは非常階段で待機してください」

言って、岩屋が動いた。

山田は肩をならべた。

「矢野の訊問はお願いします」

勉強させてください。そうは言えなかった。

ドアを開けても声はなかった。

オフィスには人がいる。デスクには空きがない。

ひとりが立ちあがる。動きが鈍い。顔は腫れぼったく見えた。

「矢野専務はおられますか」

岩屋が言った。

返答がある前に奥のドアが開き、矢野が姿を見せた。

「どうぞ」

白地に紺色のピンストライプのシャツ、黒いパンツスーツを着ている。

山田と岩屋は応接室のソファに腰をおろした。

「先ほど、ブティック店員の熊谷千鶴さんから事情を聞きました」

「お手数をかけました。わたしが錦山さんを殺しました」

矢野が言った。おちついた声音だった。

岩屋が矢野を見据える。表情がけわしくなった。

「連行する前に訊問する」きつい口調だ。「なぜ共同経営者を殺害した」

「わが社と社員を護るためです」

「被害者が会社に害を及ぼしたということか」

「彼女は裏切った。わたしと社員の皆を……許せなかった」

「では、順を追って訊ねる。被害者に殺意を抱いたのはいつだ」

「きっかけは……」

「それはいい」岩屋がさえぎった。「経緯に関しては署でじっくり聞く。いつ、被害者を殺害すると決意した」

「四月の半ばごろでした。千鶴さんの通帳を見て……それまでは殺意なんて……錦山さんが悔い改め、会社に尽力するのを願っていました。それなのに彼女は……刑事さんはどこまでご存知なのですか」

「ブティック店長を介し、あんたが熊谷さんに接近したのは知っている」岩屋は熊谷の証言を簡潔に話し、最後につけ加えた。「計画的に殺害したのはあきらかだ」

矢野が息をつき、目を伏せた。

岩屋が続ける。

「通帳を見たのはそのときが初めてか」

「そうです。千鶴さんから連絡があって……大金が振り込まれたと……通帳を見てびっくりしました。その日に、錦山さんと話しました。会社の個人情報を売った連中とは手を切ると言ったのに、このカネはどういうことかと詰め寄りました」

「三月に、女性名義で振り込まれた一一三六万円のことか」

矢野が頷いた。

「彼女はやましいおカネではないと……ネットカフェを経営する会社に出資して得た配当だと……笑って言いました」

「信じなかった」

「当然です」矢野が声を強めた。「彼女は悪党と縁を切ると言ったけれど、そのあとも会員のトラブルは続いていた。信じたい気持ちはあっても、むりです。それでわたしは、知り合いの調査会社に、ネットカフェの実態を調べてもらいました」

「どこの、何という店だ」

岩屋は聞き役に徹している。熊谷の証言以外は情報を洩らす気がないのだ。

「六本木のフラミンゴ……その店は客にインターネットカジノをやらせていて、背後に暴力団がいるとの報告を受けました」

「その報告を聞いて、殺意がめばえた」

「ええ。もう救いようがないと……彼女を殺すしかないと思いました」

「警察に告発しようとは考えなかった」

「暴力団もこわいけど、ネットはおそろしい。錦山さんの犯罪があかるみにでれば、ネット上を駆け巡る風評被害で、わが社はあっという間につぶされてしまう」

「動機はわかった。つぎに、犯行当日のことを訊く」岩屋がくちびるを舐めた。「午後七時三十四分、熊谷さんからの電話を、あんたはどこで受けた」

「自宅です」

「被害者がスポーツジムに行くときは連絡するよう頼んだのはいつだ」

「あの日の二週間ほど前でした」

「連絡はあの日が初めてか」

矢野が首をふる。

「三回目でした。前の二回は、わたしにぬけだせない用があって実行できなかった」

通話記録と合致する。犯行当日以前にも熊谷は二度、午後七時半前後に矢野の携帯電話を鳴らしていた。錦山がスポーツジムに行った日である。

「熊谷さんからの連絡のあと、どうした」

「すぐに支度をして、家を出ました。タクシーで西麻布の交差点まで行き、あとは歩いてマンションへ……そとから非常階段の扉を開け、彼女の部屋に入りました。会社がダメージを被るような書類がないかチェックし、十時前に部屋を出ました」

「おりるときも非常階段を使った」

部屋の鍵は非常階段の扉の開閉にも使える。

「ええ。そとに出て、壁の側面に隠れました」

現場の風景がうかんだ。西麻布方面から坂をくだってマンションにむかえば、エントランスに着く手前で非常階段の扉の前を通ることになる。

「犯行に及んだあとは」

「坂をくだり、麻布十番駅から地下鉄に乗り、青山でタクシーに乗り換えました」

「下見をしたな」

岩屋が念を押すように言った。

「しました。三度……失敗は許されなかった」

「被害者の部屋からなにを持ちだした」

「千鶴さん名義のキャッシュカード……あと、犯罪にかかわっていた証拠になりそうなものを持ち去りました」

「被害者が提げていたトートバッグも」

「ええ。中は確認しませんでしたが」

「バッグと部屋から持ち去ったものはどうした」

「わたしの部屋に」

「遺棄しなかったのか」

「わたしが捕まったときのために……会社を護るためにも捨てられなかった」

「事件のあと、熊谷さんと話したか」

「電話で……疑われました」

「当然だろう」

「そうですね」矢野の声が弱くなった。「会って話がしたいとも言われました」

「しかし、会わなかった。なぜだ」

「強請《ゆす》られそうで……そうなったら、また殺してしまいそうで……」

「電話で威されたのか」

「殺したのはわたしじゃないと言い張ったけれど、とにかく会って……」

「矢野翠、殺人容疑で逮捕する」

岩屋が言い、顔を横にむけた。

「手錠を」

「それは……そとに出てから」

ためらいが声になった。

「お気遣いなく。社員には話しました。出社したあと店長から電話があって、千鶴さんが警察に事情を聞かれていると教えられ、決心しました」

言って、矢野が立ちあがり、スーツの襟を正した。

この女は自尊心を背負って生きてきたのか。

ふいにそう思った。矢野から感情の乱れはあまり感じ取れなかった。

矢野を見つめているうち、熊谷の証言も矢野の供述もぼやけてきた。

――事実を積みかさねようとも、人の心の中が透けて見えるわけじゃない――

岩屋の言葉が胸に沁《し》みた。

★

★

にぎやかな『花摘』はいつ以来か。

シート席に福西と南島がいた。アルバイトの女二人も笑顔だ。

南島が腰をうかした。

小栗は手のひらで動きを制し、端に座った。壁にもたれ、煙草を喫いつける。

南島が話しかけた。

「起訴に持ち込めそうですか」

「フクの頑張り次第だ」

「殺人事件のほうは……」

「やめろ。無粋な話はするな。酒がまずくなる」

ついさっきまで、岩屋と居酒屋にいた。矢野は素直に供述しているという。それなのに冴《さ》えない表情だった。事件とは別の部分で思うところがあるのだろう。

——熊谷千鶴は己の欲得で動いた。が、罪には問えない——

その言葉が印象に残った。

世の中にそんな輩は掃いて捨てるほどいる。

そのひと言は胸に留めた。岩屋ならわかっている。

つくってくれた水割りを飲み、煙草をふかした。

ドアが開き、男が入って来た。割烹着《かっぽうぎ》を着て、鮨桶を持っている。

五人前の握り鮨だった。

「どうした」カウンターの詩織に声をかけた。「ママの奢《おご》りか」

「石井さんよ」あかるく言う。「三十分くらい前にひとりで来て、オグちゃんがくるって言ったら、汚い顔は見たくないって……」

正面の明日香が笑いを嚙み殺した。

「なんだ」

「だって、社長はオグさんといるとたのしそうなのに。別人なんです」

「会社では鬼か」

「悪魔かもしれません」

それでもおまえらは会社でもたのしそうだった。言うのは癪にさわる。

「皆で食え」

言って、腰をあげた。居酒屋で食べすぎた。カウンターに移り、頰杖をつく。

「石井さんは遠慮したのよ」詩織が言う。「お鮨は事件解決のご褒美だって」

「どこに行くか聞いたか」

「会いたいの」

「礼だ」

詩織がクスッと笑った。

路上に出た。小雨が降っている。

見送りについてきた詩織が傘を取りに引き返した。

「ごちそうさまでした」

福西と南島が声をそろえた。

「これから風俗か」

「それもいいですね」

福西が言い、南島は苦笑した。

「フク、きっちりウラを固めろよ」

インターネットカフェ『フラミンゴ』の武蔵店長と『永澤企画』の永澤社長は訊問に応じている。が、開店の原資には口をつぐみ、暴力団の関与は否定した。

それでも小栗は楽観している。殺された錦山怜奈の銀行口座に振り込んでいたサクライユウコの素性が判明したからだ。銀座のクラブホステスで、『麻布信販』の稲毛は彼女の客だった。あすにもサクライのマンションを家宅捜索し、任意同行を求める。同時刻には稲毛の身柄を確保する予定だ。捜査一係の岩屋は捜査協力の要請を快諾した。熊谷千鶴名義の銀行口座に関する捜査は万全だという。

「オグさんは、石井という人と合流するのですか」

「男は飽きた」

エレベーターの扉が開いた。詩織が笑顔で近づいてくる。

その表情が一変した。

「あっ」

詩織の声と同時に、身体に衝撃を受けた。息が詰まった。右脇に人の頭がある。

小栗は頭髪をつかんだ。フェイスガード。『YK信用調査』にいた尾崎だ。拳を尾崎の顔面に叩き込む。止《とど》めの膝蹴りはむりだった。目がかすんだ。

「オグさん」

左右から声がした。

身体が傾く。崩れながら脇腹を見た。刃物の柄しか見えなかった。

まぶたのむこうが白んできた。

「尾崎は個人的な怨みだと言い張っています」

福西の声が聞こえる。

「鼻をへし折られた怨みか。小栗は手加減を知らんからな」

近藤の声はあかるかった。

小栗は、じっと耳を傾けた。

「そんな言い方は……先輩は大丈夫でしょうか」

「手術はうまく行ったそうだ。峠は越えたとも……あとは合併症だな。柳葉包丁の刃先が肺をかすめていたらしい」

「ひどい……」

「大丈夫よ、フクちゃん」

詩織もいるのか。目を開けそうになった。

「殺されても平気だから」

「ええっ」

「オグちゃんは小栗判官《はんがん》の末裔《まつえい》だもん。本人がそう言ったのよ」

小栗は吹きだしそうになった。覚えがある。酔っ払って階段を踏みはずし、頭部を強打した。そのとき一緒にいた詩織に強がりを言った。

「何者ですか、その判官という人は」

「熊野伝説のひとりだ」近藤が言う。「惚《ほ》れた女の身内に殺されるが、女が荷車で死体を運んでいるうちに生き返った……閻魔大王が蘇生《そせい》させたという伝説もある」

「実在しないのですか」

「伝説だ。が、田辺市の湯の峰温泉に、判官の病を治したというつぼ湯がある」

「和歌山の田辺……小栗さんが生まれたところですね」

「そう」詩織の声がはずんだ。「退院したら、わたしがつぼ湯に連れて行く」

「ぼくも行きます」

あほらしくなった。が、自分のうわさを直に聞くのも悪くない。

しばらくすると、まぶたのむこうが暗くなってきた。

本書は書き下ろし作品です。
登場人物、団体名等、全て架空のものです。

ハルキ文庫

は 3-24

六本木無頼派《ろっぽんぎぶらいは》 麻布署生活安全課《あざぶしょせいかつあんぜんか》 小栗烈《おぐりあきら》

著者 浜田文人《はまだふみひと》

2016年6月18日第一刷発行

発行者 角川春樹

発行所 株式会社角川春樹事務所
〒102-0074 東京都千代田区九段南2-1-30 イタリア文化会館

電話 03(3263)5247(編集)
03(3263)5881(営業)

印刷・製本 中央精版印刷株式会社

フォーマット・デザイン 芦澤泰偉
表紙イラストレーション 門坂 流

ISBN978-4-7584-4010-3 C0193 ©2016 Fumihito Hamada Printed in Japan
http://www.kadokawaharuki.co.jp/[営業]
fanmail@kadokawaharuki.co.jp[編集] ご意見・ご感想をお寄せください。